Maladit

Lou sKepens

Maladit

Roman

Illustration: Art therapy
freepic.com

Dépôt légal: octobre 2015.

ISBN : 978-2-9553470-0-3

À vous…

« Les fils qui nous relient les uns aux autres sont si ténus et si forts qu'il suffit d'une parole ou d'une absence de parole pour les briser ou pour les renouer. »

Françoise Davoine,
La Folie Wittgenstein.

Prologue

Le silence. Elle seule le chasse d'un mot, d'une phrase, le plus souvent d'une question, puis il retombe, lourd, chargé de ce que je ne dis pas.

La vérité éclate.
Le silence retombe. Inéluctablement, il retombe. Elle ne le chasse plus. Elle n'a plus rien à dire. Pas cette fois...
Elle attend. Elle attend et elle écoute.
Elle écoute mes silences chargés d'une histoire indicible, d'une histoire jusque-là incomprise et qui irradie désormais d'une lumière aveuglante.

Des silences remplis d'un nom et d'un visage...

Son visage s'élança vers moi. Je ne vis que lui, ne retins que lui. Les étincelles de ses yeux et la lumière de son sourire.

Son sourire...

La longueur folle de ses cheveux.

« Luc ! Luc ! »

Son rire.

Je la serrais contre moi, passais un bras autour de ses épaules et me laissais envahir par son odeur. Je la sentais, fine, jeune, belle, tout contre moi. Et je souris. Je souris sans savoir pourquoi... Sans comprendre. Sans avoir la moindre idée de ce que ce moment signifierait... *Un jour.*

— Si. Si. Je comprends que je souris parce qu'on nous prend en photo...

Ses yeux se posent sur la photographie entre mes mains.

— Tu n'es pas coupable. Tu n'as rien à te reprocher encore moins le fait de ne pas avoir ...

Regard éteint, fixe et vide. Regard que je ne lui supportais plus. Je la secouais et hurlais ; « Arrête ! Arrête de faire ça ! »

— Tu ne comprends pas. Tu ne sais pas... Et, j'étais tellement perdu.

Le néant. La spirale infernale du vide...

Mon ventre était en vrac. Cela faisait des jours que je n'avais rien mangé. Mes veines étaient gonflées, le cœur me battait aux tempes. La tête me tournait. J'avais la nausée.
Une nausée venue du fond du ventre et qui transportait le dégout de moi-même et des autres.
Le dégoût pour cette femme.
Et la morsure du whisky qui brûlait l'intérieur de mon être...

La chute dans un tourbillon qui m'entrainait toujours plus bas, toujours plus profond. Dans quelle profondeur ? Je ne le sus jamais.
Jamais, je ne sus à quelle profondeur j'étais... Je tombais, c'est tout.

L'effondrement de soi en soi. Comme un glissement de terrain...
Se regarder glisser.

J'attrapai mes clefs, ma veste et je déguerpis de cette saloperie d'hôtel.
Assis face au volant, le regard vaguement posé devant moi.
Et où pouvais-je aller... ?
Pour toute réponse, le moteur s'ébranla.
Dégager d'ici, la seule chose à faire.

Me ressourcer. Ma seule motivation.

Mon retour. Je ne reconnaissais pourtant rien des terres de mon enfance. De temps en temps… La sensation vivace de mon passé fantomatique et cette éternelle question : que s'était-il passé ?

Le chaos.

On ne s'attend jamais au cataclysme. Et lorsqu'il survient : on ne comprend pas ce qui nous tombe sur la gueule ni d'où cela vient.

Alors, ça avait été le désert et sa traversée. J'avais insensiblement regardé le vide de l'existence.

Mourir : ne plus rien ressentir. Être ataraxique, apathique. Mon propre mal m'avait tant rongé qu'il avait causé une béance dans mon âme. Porte ouverte à la fuite de tous mes sentiments. Mon corps s'était déchiré et j'étais resté là. Au milieu du néant, à crever doucement.

M'man m'a accueilli comme le messie. Rien à voir pourtant. Je ressemblais à ce que j'étais : un revenant. Bien que le messie soit un revenant aussi. Mais un bon revenant, une bonne nouvelle. Moi, j'étais plutôt le mauvais revenant. Celui qui se traine et qui apporte l'apocalypse de ses jours. Celui dont les yeux sont pleins de l'horreur d'avoir vu.

Des yeux noirs…

Soulagement dans son regard. Ne t'méprends pas m'man ! Fifils ne reviendra pas. C'qui ressort des ténèbres en cet instant est un étranger…

Meubler l'infini. Remplir l'ennui. S'occuper. Coûte que coûte.

Stopper la latence. S'activer, recommencer. Chercher absolument, frénétiquement, quelque chose à faire. Un temps… Trop peu.

À nouveau : le vide interminable.

Et ce seul désir de ne pas penser. D'arrêter toutes pensées : le pensicide, le meurtre de toutes réflexions.

Pourtant, dans ce trou à rat, je n'avais que ça à faire. Attendre et penser.

Comprendre. Comprendre qu'elle ne reviendrait pas. Comprendre qu'il fallait oublier, nécessairement oublier.

Reprendre forme humaine. Ou n'importe quelle forme…

Ne plus être de marbre, briser la glace de mon cœur de pierre. Lutter…

Se laisser aller… Après l'inerte, le flottement, la suspension. Après la mort, la dérive. La dérive est une forme possible : celle d'un corps glissant sur l'espace, sur le temps.

Marcher. Marcher sans savoir où aller. Marcher pour se sauver, pour survivre. Ou juste marcher pour oublier, pour oublier même de marcher.

Dériver…

La dérive est une modalité de la mort. Une forme étrange de mort : une non-mort, un pas-encore-mort mais pas non plus un toujours-vivant.

Une forme d'activité pourtant. Après avoir été la pierre immobile, je devins la pierre qui roule, qui roule et qui respire.

Je respirais, je respirais enfin ! Et je marchais jour et nuit, à en avoir mal, à sentir mon corps dans ses moindres parties, et cela me fascinait.

Les décors se succédaient, se confondaient ou se superposaient. Je les dévorais. J'allais partout, je n'allais nulle part. J'étais partout, je n'étais nulle part. Je croisais mes propres fantômes : des « moi » divers, étrangers. Je me souvenais pourquoi j'avais aimé cette région durant cette enfance lointaine.

Et puis, la mélancolie. L'écoulement des pensées dont on ne retient qu'une malheureuse bride. Le surgissement de souvenirs… Je détournais les yeux.

Pourquoi être revenu dans cet endroit chargé des prémisses de notre amour ?

La pierre cesse de rouler…

Je m'asseyais, roulant entre mes doigts une pierre ou une brindille ramassée là. Conscient qu'il y a dans l'oubli la présence pleine de ce qu'il y a à oublier.

Et parfois, l'illusion. L'illusion d'une silhouette familière, au loin…
Une femme marchait au-devant de moi…

Je revins à mon premier amour avec la frustration de l'amant qui ne sait plus faire la cour. Impossible de reconquérir la musique comme je l'avais fait lors de ma jeunesse.
Se remettre à jour n'est pas mince affaire !

Ne m'étais-je pas encouru trop tôt dans une vie d'adulte ? M'obligeant à abandonner bien des choses ?

La sensation du sable sous mes doigts. L'oubli du reste. Pincement au cœur : et sa peau ? Oublie ! Oublie. Et marche…

Je marchais. Je passais ma vie à marcher.
Le port à demi-ensommeillé de l'hiver me chuchotait son attente. Je faisais partie de lui. Dans ce décor figé, suspendu aux lèvres du temps. En attente du prochain souffle pour s'envoler, s'illuminer.

Puis la marche. La marche… jusqu'au phare.
Une femme sans visage…
Et L'étrange silhouette appuyée face aux vagues. L'apparence d'un linceul noir flottant au vent.

L'image sombre d'une femme dans les bras de la mort… Le deuil.

La pudeur. Ne pas oser regarder d'avantage… L'outrage de ma présence voyeuse à l'intimité de cette inconnue.

Ne pas regarder d'avantage…

Reprendre son chemin, mal à l'aise…

La plage. Le soleil chaud de l'après-midi. Je me réchauffais l'âme et l'esprit. Je redécouvrais presque la bonne humeur et j'oubliais.

Il y a dans la tentative d'oubli, des retrouvailles. Des retrouvailles avec ce que l'on avait oublié. Ce que l'on avait enfermé et que l'on rouvre dans la tentative, nouvelle, d'oubli. Un passé qui rejoint un passé. Ou, un passé redécouvert dans les fonds de la mémoire et qui redevient présent, actualité.

Une reprise de contact avec un moi qui n'a jamais disparu.

Un moi suspendu, en attente.

Un cerf-volant. Le rire de l'enfant. Et l'azur.

Respire le monde ! Respire.

Mais la colère. L'éternelle présence de la colère…

— Explique-moi… Que s'est-il passé ?

« Je ne te supporte plus, Luc. J'en viens même à me demander à quel moment… À quel moment j'ai pu t'aimer ! »

Rechute. Le nez entre les poignets. Les dix-milles questions que l'on ne se posait pas. La colère, le désespoir. Le vide.
J'ai bien connu le vide…
Je connais bien le vide.

Et la sensation du cristal…
Le sentiment qu'au moindre effleurement, je pourrais me briser.

Le froid glacial de mon cœur, de mon regard et l'indifférence. La mienne, la leur…

Une déchirure quelque part… Être fendu.
Avoir perdu. Le sentir. Sentir la perte en soi, la perte de soi. Le vide… Pas le manque, le vide. Le manque et le vide ne sont pas la même chose. Pas la même sensation, pas les mêmes sentiments.
Et la souffrance… Quelque chose de gênant : l'étouffement d'une partie de soi. Chose gênante que l'on voudrait balayer. Qu'on n'a d'autre choix que de balayer, d'oublier. Toujours là mais masquée, ensevelie par l'activité. La marche, l'alcool, la course vers la mort…

Il y a sous le brouhaha des fêtes, cette chose étouffée. Il y a sous le tumulte des danses, le grondement de ce que l'on cherche à oublier.
Il y avait dans mes dérives, cette forme qui me suivait.
Une présence pleine que je ne distinguais pas…

Haut et bas. Activité et immobilité…

Dépression et lutte pour en sortir : bouger. Ne pas rester fixe, ne pas se laisser immerger. Empêcher la noyade, contrôler ses idées. Ne pas les laisser vagabonder.

Chercher un travail. N'importe lequel. Se noyer dans la recherche d'un travail. Un travail pour s'aliéner.

Chercher l'aliénation. Mon but…

Et bientôt le retour sur les chemins, sur les routes…

Aller par la ville, par les jardins.

Observer l'agitation de ces lieux.

Ce ne sont pas des lieux de vie. Ou alors sont-ce les lieux d'une certaine vie, d'une vie autorisée, policée.

Plutôt de plusieurs vies, déterminées à des zones.

L'enfance s'épanouit dans les aires de jeux et s'arrêtent aux pieds des mères attentionnées, qui assises sur des bancs délimitent l'espace restreint du monde de l'enfant.

Ailleurs, il y a les sans-âges, immobiles faisant partie du décor et dont plus rien ne vient gâcher le repos. Et avec eux il y a encore ceux qui n'ont plus nulle part où aller, nulle part où être… Ceux-là sont aussi des sans-âges car l'âge est encore une distinction sociale. Eux, ils n'appartiennent plus à rien. Pas même à leurs années passées…

Sur les sentiers, les personnes actives et toujours très occupées courent en tous sens. Celles-là ont toujours quelque chose à faire, ont toujours des urgences, des choses plein la tête. On ne sait jamais ce que sont ces choses, on ne voit pas très bien ce qu'elles pourraient être d'ailleurs…

J'étais comme ces personnes… Avant…
Actif.
Et puis, on perd tout.
On se rend alors compte qu'on a passé sa vie à côté de soi…
Que rien de ce qu'on a fait n'était important.
Et on ré-apprend. On ré-apprend à prendre son temps.
À observer.
À écouter…

On s'aperçoit que la seule chose qui se mélange dans les parcs, c'est le bruit.

J'ai observé le fleuve, longtemps. Son eau verte, les canards.
La ville sur l'autre rive.
J'ai écouté le clapotis de l'eau, les bruits du parc étouffés par les plantes.
J'ai marché sans penser à rien. Jusqu'au saisissement…
Le saisissement total de l'être dans un simple son.
Celui d'un plongeon.
Et l'émergence d'un visage à la surface des eaux ondoyantes. Un visage devant le mien…
Le visage d'une femme…
Malaise. Ne pas vouloir être aperçu. Fuir.

Et pourtant garder cette image, l'image de ce visage venu du fond du fleuve, de ce visage poussant sur les eaux pour s'en extraire…

Ne pas réussir à faire taire le malaise… Hanté.
Et le sentiment d'une familiarité, d'une étrange familiarité…
Inquiétude.

Plus je pensais à ce visage, moins je m'approchais de lui. Plus je me concentrais, plus j'en perdais la vision. Et alors que je croyais le saisir, il se dérobait toujours… Jusqu'à l'invisible, l'irréel.
N'était-ce pas une hallucination ?
Tout avait perdu sens… Alors !
Dormir, dormir vite. Et oublier.
Oublier…

— Qui est-ce ?

Couchée dans l'herbe au milieu des fleurs, à compter les pétales, à s'exprimer ou s'enthousiasmer devant l'envol d'une coccinelle, à écouter cérémonieusement le chant des oiseaux. Vouloir être l'un d'eux…

Son visage déjà détrempé et pourtant lumineux. Chaud. Familier.
Sa gaieté… Elle dansait, rayonnante sous l'averse.

Son émerveillement dans la lumière rousse de l'automne, ses courses dans les feuilles cuivrées. Leur douce chute sur nos visages. Le sien dans les rayons de soleil…
Son sourire, l'éclat de son rire.

Sa façon de courir d'un point à un autre jusqu'à ne plus respirer, de toujours monter sur les rambardes, de se tenir aux bords des trottoirs, de marcher sur une ligne. Elle, cette funambule qui jouait à garder son équilibre.   .

Les étincelles dans ses grands yeux noirs…
Ses colères et ses pleurs.

Le ravissement simple.

Quelque chose de l'enfance ou du petit oiseau.
Un tourbillon. Un éclat de rire. Le soleil et la tempête.
Quelque chose de sombre ou de menaçant : une brûlure, un tumulte, un éclair qui foudroie.
Elle était tout cela à la fois…
— Elle. Juste elle…

Nous grimpâmes la roche. « Fais attention », je m'inquiétais de la voir tomber.
« Je t'ai connu plus téméraire ! » me lança-t-elle, par-dessus son épaule.
Au sommet. Souffle du vent. Ciel chargé. Menaçant. « Tu es sûre de vouloir faire ça ? Il ne fait pas très chaud ». Elle se dévêtit. Je l'imitais. Nous nous observâmes : nos regards s'accordèrent. Et sans un mot, nous nous élançâmes dans le vide.
La chute. L'adrénaline. Douce. Vivifiante. Parcours violent de mes membres. La morsure glaciale. Le choc cardiaque. Le tumulte. Et le rire d'Agathe. Son visage heureux. Son corps glissant contre le mien.
J'en redemandais. Le bruit des vagues. Assourdissant. Le choc du plongeon. Et le grondement des fonds marins. Riant aux éclats et

chahutant. Nous sautâmes encore et encore jusqu'à ce qu'enfin la nuit nous surprenne. Que violacés et bleutés, nos membres soient suffisamment engourdis pour nous faire souffrir. « J'ai la dalle ! Un gueuleton, ça te dit ? ». Agathe et son éternel sourire.

Qui aurait pu dire en la voyant… ?

Une véritable orgie ! Des plats partout sur la table. Et les autres qui n'en revenaient pas de nous voir mouillés des pieds à la tête à s'empiffrer comme si on n'avait pas mangé depuis des années.

On finissait par se battre avec la nourriture. A courir partout à la poursuite de l'un ou de l'autre. Je lui glissais des glaçons dans le pull. Lui jetais des morceaux de pain dans le décolleté. On nous demanda de sortir. Et nous rîmes jusqu'à pisser. Cette nuit-là, nous courûmes les bars. Nous mélangeâmes à la population d'ivrognes. Nombreux… Nous dansâmes aussi. Nous bûmes. Trop. Beaucoup trop. Enivrés. Mais pas tant à cause de l'alcool. Je le pressentais. C'est elle. Parce qu'elle me faisait redécouvrir des sensations oubliées. Parce qu'elle était vivante. Et qu'elle me rendait la vie.

Lumière dans l'obscurité.

J'observais le grain de sa peau, ses légères rides au coin des lèvres, celles du contour de ses yeux. Il fallait se rendre à l'évidence : elle était encore très belle.

Je m'accroupis. « Monte ! » lui ordonnai-je.

Elle rit et s'exclama de joie face au paysage.

Le ciel au-dessus du volcan virait au rose et derrière nous, le croissant de lune apparaissait. « Il est temps de rentrer ! » fis-je en me déplaçant.

« J'aurais aimé rester encore un peu » me confia-t-elle.

Les heures passèrent et nous restâmes assis là. Les ténèbres s'installèrent. Puis, elle me fit signe de lever les yeux.

Les blés se dressaient tout autour de nous. Et au-dessus, dans l'espace restreint qu'ils laissaient libre, le ciel étoilé scintillait. Je me levai. Epoustouflé.

« Cela valait-il le coup, monsieur ? »

« Oui, Gath. Cela vaut le coup ».

Elle se leva à son tour et tendit le visage vers l'horizon. « Il y a des millions d'années, les premiers hommes posaient déjà leur regard sur l'immensité céleste. Je ne peux m'empêcher de penser à eux en cet instant. Mes yeux se posent là où les leurs se sont posés. Et ce geste simple, ce lieu où les regards se posent est une brèche dans l'espace-temps. J'ai le sentiment d'être l'un d'eux. Mes yeux ne sont plus les miens, ils sont aussi les leurs. Je suis primitive mais l'important n'est pas ce que je crois savoir de plus qu'eux mais cette question que je me pose devant ce ciel et qu'eux se posaient déjà : que se passera-t-il demain ? De quoi est fait l'avenir ? On pourra empiler tous les livres du monde les uns sur les autres en pensant qu'ils soutiendront la voûte céleste, on pourra accumuler toutes les connaissances que nous voulons, nous n'arriverons jamais à percer celles-ci ». Dit-elle en désignant le ciel.

Sa main se posa sur ma poitrine. Sur mon cœur.

Elle s'assit sur le sable et joua avec. Un court instant. Elle observa la mer, sauta à nouveau sur ses pieds et, se dévêtit.
« Qu'est-ce que tu fais ? »
Elle me jeta sa chemise sur la tête. Je la retirais aussitôt et trouvais Agathe courant déjà dans les vagues. « Gath ! ».
Disparue dans un rouleau.
J'entrais à mon tour, riant déjà, goûtant avec délice à la mer agitée.
« J'avais oublié à quel point la mer est bonne quand il pleut ! » que n'avais-je pas oublié, aurait été meilleure question : sur cette région ? Sur moi-même ?
Elle pouffa. Eclaboussures et jets d'eau.
Nous restâmes là, je ne sais combien de temps… Bercés par les vagues immenses, jouant comme des enfants. Pour une fois depuis longtemps, je vivais. Je vivais réellement. Avec l'insouciance des débuts… Avec bonheur.

Elle S'allongea. « Un lapin ! » s'exclama-t-elle en pointant un nuage. Je posais la tête sur son épaule, « Et là un oiseau ! » je pointais une nouvelle forme. Elle rit, « En parlant d'oiseau, attention aux mouettes ! ».
« Ne ris pas la bouche grande ouverte ! » la prévins-je, moqueur.

« Agathe ! Réveille-toi ! »

Elle sourit. « On dirait que les oiseaux sont passés ».

J'écarquillais les yeux et m'inspectais tandis qu'elle éclatait de rire. « Toi et tes blagues... Allez, nous avons suffisamment compté les moutons pour aujourd'hui ! »

Nous nous amusions à des plaisirs simples, enfantins. Nous nous enterrions dans le sable ou nous y construisions de multiples figures. Les enfants émerveillés s'entassaient autour de nous et en quelques heures à peine, la plage devenait la toile géante de maîtres en devenir.

Nos courses-poursuites entre les gens, au marché ou sur le port bondé de touristes.
Et son rire volatile, éparpillé dans toute la ville...

Le chahut que nous faisions tard le soir, dans les parcs pour enfants, sur le tourniquet.
D'ailleurs, la mairie l'a fait enlever quelques mois plus tard.

Les courses de charrette sur le parking des magasins le dimanche après-midi, jusqu'à ce qu'un garde vienne nous dire de dégager.
Et lors de nos retrouvailles, je sus avant même de la voir.
Lorsque mon regard se posa sur elle, une vague de joie déferla en moi : La première depuis des mois...

— Que représentait-elle à tes yeux ?
— Ma survie. Sans elle...

Je repris mes errances. Seul. Sans guitare. Sans Agathe.

Sans musique et sans rire.

Marcher. Marcher sans savoir où aller. Marcher pour se sauver. Marcher pour survivre. Ou juste marcher pour oublier, pour oublier la longueur du temps. Pour oublier son absence. Oublier *ma* solitude.

Les décors se succédaient, se confondaient ou se superposaient. Je ne les voyais pas, ne les regardais pas. Je me souvenais. Je me souvenais pourquoi j'avais quitté cette région. Pourquoi, je m'étais encouru dans une vie d'adulte en laissant derrière moi tout ce qui avait compté.

Agathe...

Et l'illusion de la voir apparaitre quelque part entre l'horizon et moi...

— Tu dramatises mon Amour, comme toujours...

Les ténèbres me rattrapèrent. Tout langage disparut. Je redevins l'expression du vide.

Mais le vide comme l'enfer est surpeuplé.

Et lorsque la nuit tombe, le monde s'étrécit. Or, mon monde était devenu tout petit...

Je demeurais allongé. Pas seulement quelques heures. Des jours entiers... Des jours entiers bercés par le souffle lent de mes soupirs. Par cette seule respiration, témoignant de la vie d'un corps. D'un corps sans âme. D'un corps vide. D'un corps mort et qui pourtant respire.

Qu'est-ce que je foutais-là bordel ?

Revenir avait été une idée à la con…

Allez ! Lève-toi, gros tas !

J'étais une merde. Moins que ça…

Pas foutu d'agir. De me lever. Et toujours ces putains de soupirs.

Je ressemblais à une fillette. A une larve. J'étais larvaire. Dégueulasse.

« Sors de là, maintenant ! Ça fait une semaine que tu marines ! Oh ! bon sang ! Et ouvre la fenêtre ! Ça pue là d'dans ! »

Irruption d'une voix dans la chambre.

Dans la chrysalide…

Celle de la mère à bout. A bout d'avoir une loque à la maison.

À bout du fils-larve…

Alors, je marchais… Je ne faisais que cela… Marcher, inlassablement. A sa recherche.

Aux jardins, à la plage, aux falaises… Partout.

Je courais la ville.

Et je lui en voulais. Je lui en voulais d'avoir disparu. De rester introuvable.

A son contact, j'oubliais. J'oubliais la cause de mon retour, j'oubliais mes recherches d'un travail, j'oubliais tout.

Sa présence m'offrait la vie, son absence me l'enlevait.

Et M'man qui ne m'aidait pas, « j'ai appelé Julie aujourd'hui et j'ai eu la petite ! », qui me reprochait d'être là. De pas m'battre. D'être comme mon père. De fuir...

Les femmes ne se rendent pas compte de la difficulté d'être un homme.

« Luc. C'est moi... »

« Julie... », soupir dans le téléphone.

« J'ai eu ta mère, elle m'a dit... Peu importe ! Alicia aurait voulu venir te voir en fin de semaine ».

« Même pas un « comment vas-tu, Luc » ? », désapprouvais-je. « Alicia ? Qu'est-ce qu'elle a ? Je ne crois pas lui manquer... ».

« Non, en effet, Luc. Tu ne lui manques pas. Elle est préoccupée par autre chose... Qu'elle aurait voulu t'annoncer ».

Décomposition. « Oh non ! Ne me dis pas que c'est à propos de son imbécile de copain ?! ».

Exaspération de Julie. « Je comprends pourquoi elle ne t'a encore rien dit ! ».

« Oh ! Mais y a que moi qui me rends compte de ce qu'est ce type ?! »

« C'est un gamin, Luc ! »

« C'est une blague, oui ! Ce mec est une blague ! Ça se finira mal et je vous aurais prévenu ! »

« Toi ! Toujours toi, hein ? Je te souhaite bonne chance, Luc ! Tu en auras besoin... »

Écho de la tonalité. Écho qui me ramenait à mon être en putréfaction. J'avais toujours fui la solitude. Coûte que coûte. Mais au moment où je me pensais le plus en sécurité, elle m'avait rattrapé, avait rongé mon mariage, m'avait rendu étranger à ma propre famille et avait réduit à néant mes derniers espoirs de bonheur dans la routine d'une vie débile. Aucun recours ne semblait plus exister. Aucune fuite ne permettait l'oubli de cette putain de solitude ! Elle avait toujours été en moi, causant le vide dans mon être. Vide que je savais maintenant, impossible à combler par la présence illusoire d'une femme, d'un ami, d'un enfant. J'y avais cru pourtant. J'avais réussi même. Un temps... C'est alors qu'elle m'avait éclaté à la gueule comme une vieille mine antipersonnel, projetant mes déchets partout. Déchirant mes illusions. Me précipitant dans la réalité. Vingt-cinq ans volant en éclats devant mes yeux insensibles. N'ayant pour compagnes et souffrances que cette solitude vide et creuse et l'irrépressible sensation de n'avoir pas vécu, d'avoir simplement échoué. Et pourtant, n'avais-je souhaité que vivre... Aujourd'hui encore, même si mon agonie m'avait supprimé toute passion. Je ressemblais à ces êtres morts-vivants. Voués au silence. Trainant leurs corps déjà et toujours trop lourds. Ne faisant plus que guetter à l'horizon la délivrance tant attendue... Je passais ma vie à mourir... Demeurant pourtant incapable d'accepter mon dernier souffle.

Et Agathe qui ne ressurgissait pas. Je doutais même qu'elle n'ait jamais surgi. Qu'elle ne soit qu'un rêve, une hallucination de mon esprit malade.

Et pourtant, je parlais d'elle, je n'avais qu'elle à la bouche. Conscient, conscient qu'elle était ma drogue : « elle est le trou noir duquel on ne s'échappe pas », « ma prison dorée ».

Exaspération. Ma fille devant la porte. Longues embrassades avec ma mère. Seulement avec ma mère. Elle se tourna vers moi et me sourit. Encourageant, non ? Que s'était-il passé pour que cette jeune femme me considère comme un étranger ? Merde. J'étais son père !

Au restaurant, la conversation fut alimentée par les deux femmes. Je ne disais rien. On ne m'interrogeait pas. Mon état n'intéressait personne. Après tout, je n'étais qu'un vieux con. Ma fille n'a pas cessé de parler. Signe de nervosité ?
Je me suis tourné vers elle. L'ai coupé dans son monologue : « T'es venue m'annoncer tes fiançailles alors arrêtes de piailler ! ». Grand froid. Normal... Fusillé du regard par M'man. La petite, elle, baissa les yeux. Se pinça les lèvres. Et releva un regard glacé : « T'es mon père. Les obligations familiales et mon besoin de bien faire m'obligent à t'annoncer la nouvelle et à t'inviter à mon futur mariage. Mais très honnêtement, tu n'es pas obligé de venir. D'ailleurs, tu ne feras plaisir à personne en venant... ». Je l'ai cherché. Elle m'a eu. Je me suis levé. J'ai payé. Et m'suis tiré.
J'ai marché. Vite. Toute la journée. N'importe où... Puis, je me suis arrêté.

Je ne ressentais rien... Et ce fut le plus dur à endurer.

Aucune pensée ne me traversa l'esprit, aucune souffrance ne déchira ma poitrine : je venais de perdre ma fille. Comme un con. Peut-être la seule et unique femme de ma vie... Et je ne ressentais rien si ce n'est le vide infini de mon être. Et cette horrible impression, celle de la chute. Celle de ne plus rien avoir, de ne plus rien avoir au monde à quoi se tenir, se suspendre...

« C'était quoi cette crise que tu nous as fait ?! »

« Pas maintenant M'man ! »

« Et quand ? Quand il sera trop tard ?! »

« Ça l'est déjà... »

« C'est toujours trop tard avec toi ! T'aimes ça ! »

Envie de meurtre. D'attentat. Contre moi-même. Avant tout. Elle avait raison. Je me victimisais. Comme tous mes pairs. Pas très original. Je ne surprenais personne. Réactions à la con ! Je me détestais. C'était plus simple. Plus simple que faire face aux problèmes. Les laisser dégénérer. Ensuite se plaindre. Si j'avais fait différemment... Oui mais voilà. J'ai fait ce que j'ai fait. Et je le referai sans doute. Parce que j'ai toujours eu un caractère de merde. Parce qu'on apprécie toujours les choses qu'une fois qu'on les a perdues. C'est à ce moment-là qu'elles ont de la valeur. A ce moment-là qu'on comprend. Mais il n'y a peut-être rien à comprendre... Si ce n'est que tout est déjà joué d'avance, que tout a toujours déjà commencé. Que le temps et les évènements s'accordent parfaitement. Je n'aurais pas pu divorcer à un autre moment que celui-là. Je n'aurais pas perdu ma fille à un autre non plus. Ni avant, ni après. Mais maintenant... Ce que le futur me réservait était déjà inscrit dans mon passé et s'inscrivait chaque jour dans mon présent. Mais encore une fois, ces choses-là, on ne les apprend qu'après. Une fois qu'il est trop tard. Parce qu'il est toujours déjà trop tard... Trop tard pour Alicia. Alicia. Ce joli prénom que je lui avais choisi... Dans le fond, j'étais fier d'elle. Son caractère était celui que je lui voulais. Elle ne se laissait pas faire la petite ! Encore moins par moi... J'espérais qu'un jour je pourrais le lui dire... Un jour. Quand le temps serait venu. Quand il serait trop tard pour dire autre chose. Parce que quand je lui dirai, il sera trop tard, n'est-ce pas ? Elle n'en aura rien à foutre de ce que son père pense d'elle. Peut-être était-ce déjà le cas d'ailleurs ? Il sera trop tard mais je le lui dirai parce que le temps sera venu.

Contradictoire tout ça, non ?

N'empêche, si quelqu'un avait un jour compris quelque chose à l'existence, ça se serait su...

Pas les couilles de la rappeler. J'envoyais un message. Des mots pour la culpabiliser. Elle restait insensible. Je lui en voulais. Elle ne faisait que ressembler à sa mère.

Sa mère...

Cette femme que j'avais choisie pour porter mes enfants. Et maintenant, je lui en voulais parce qu'elle lui ressemblait. Elle avait élevé ma fille. Comment pouvais-je m'étonner de leur ressemblance ? Mais de ça aussi j'étais fier. Je mis longtemps à m'en rendre compte. J'étais heureux que ma fille ne soit pas comme moi : lâche, pleurnicharde, manipulatrice. Elle était honnête cette petite.

Comme sa mère... C'était moi le problème.

Moi qui merdais depuis l'origine. Moi qui étais malheureux. Qui me démerdais pour l'être. Ma mère avait raison. J'aimais ça.

Drogué à la souffrance. Marié à la solitude. Et au milieu de tout cela... Agathe...

Agathe.

Je languissais, fiévreux, assis dans l'ombre de la pièce.

Et M'man qui ne voulait pas voir ça et qui ne s'exprimait que pour me reprocher d'être né. Qui me rappelait à quel point le monde n'avait pas besoin de moi.

M'man était fragile, d'une petite constitution.

J'étais l'enfant turbulent.

Elle ne l'a jamais dit, jamais avoué : elle ne me supportait pas. Jamais.

Elle m'aimait de loin, lorsqu'elle passait le flambeau à une autre. Lorsque je vivais à des kilomètres d'elle.

Trop près c'était les engueulades assurées.

Et on s'engueulait.

J'ai longtemps pensé qu'elle ne m'aidait pas. Je lui en voulais, tout était sujet à reproches. Mais c'est auprès d'elle que j'étais revenu. J'avais besoin d'elle. D'elle et de ses remontrances. Surtout de ses remontrances exagérées. Je les fuyais, je *la* fuyais.

Alors, je marchais. Je courais, parcourais, à la recherche désespérée, de celle qui symbolisait le dépaysement.
J'étais terrorisé de la voir disparaître, de la perdre tant elle était devenue nécessaire.
Tant ma vie dépendait d'elle.
J'étais drogué et ses disparitions me précipitaient dans des crises de manque terrible. Parce qu'elle était la seule qui me faisait encore tenir debout…
— Non. Pas cette fois.

À mes pieds, le sol courait et s'écroulait brusquement en un ravin. Agathe se tenait au bord. Je m'approchais.
« Je sais… Je la ressens partout. Elle est sur toi, sur ton visage. Tout ton être l'exprime… Mais toi, tu ne la ressens plus », chuchota-t-elle. Je glissais ma main dans la sienne. En bas, une rivière serpentait indifféremment. A nouveau, je faisais l'expérience du vide. Il s'étalait là. Se créait sous nos yeux. Et, je restais debout. En son centre. Terrifié par la magie de son attraction. Je ne trouvais rien à lui répondre. Seulement cela, pour lui signifier que je savais : « nous pourrions sauter… Mais ce n'est pas ce que font les adultes ».
« Être adulte est un malentendu… »
« Les enfants ne se suicident pas », soufflais-je.

« Non », admit-elle, faisant pourtant un pas en avant.

— Quelque part dans le désert, j'ai entendu une porte claquer... Elle est entrée dans mon monde ou alors en a-t-elle toujours fait partie... Elle était là. Là comme jamais personne ne l'a été et elle savait, par je ne sais quel miracle, ce que je vivais.

— Elle te comprenait...

« Je sais qu'elle sait... Sans besoin de mots. Juste des maux... Indicibles ».

« Laisse-la partir... Délivre-toi d'elle ».
Sa main se posa sur ma poitrine. Sur mon cœur.
Et ma colère : « Ne me parle plus jamais d'elle.... Ou de mon passé ! »
N'empêche, elle avait deviné...

— Ses mots étaient les miens, mes mots sont les siens. Miroir l'un de l'autre...

Douche froide. Ses yeux... Son regard.
Le vide...

Nous restâmes là, je ne sais combien de temps... Bercés par les vagues immenses, jouant comme des enfants. Pour une fois depuis longtemps, je vivais. Je vivais réellement. Avec l'insouciance des débuts... Avec bonheur.
Elle s'éloigna. Marcha jusqu'à avoir de l'eau à la taille. Et se figea. Son immobilité perdura. Attira mon attention : « Agathe ? ». Pas de réponses. Pas

de mouvements. Je nageais vers elle. Regardait-elle quelque chose ? Je jetais un coup d'œil à la plage : rien.

« Agathe ? Tout va bien ? »

Douche froide. Ses yeux… Son regard. Le vide. J'angoissais tout à coup. L'envie de prendre mes jambes à mon cou.

Contact de mes mains sur sa peau. Frémissements. Quelque chose se produisit. *Mais quoi ?*

Mes yeux fouillèrent les siens à sa recherche : « Agathe ? ». Légère lueur de vie dans le fond de son regard. Lutte trop connue pour refaire surface. Le fond des ténèbres et pourtant, toujours cet éternel retour. Cette éternelle reviviscence. Et son retour à elle : « Luc… ». Murmure. Souffle. Tristesse…

Et moi qui ne comprenais rien. « Que t'arrive-t-il ? »

Et elle me laissa là. Disparaissant à toutes enjambées entre les bâtiments de la côte. N'ayant même pas pris la peine de remettre ses sous-vêtements… J'ai su à ce moment-là que je garderai cette image d'elle longtemps. J'ai senti en cet instant, le trouble laissé par l'intuition. *L'intuition que tout n'allait pas de soi…*

— Pourtant…

Elle hurla, se leva. Sauta sur la plagette. Je demeurai horrifié par ses accents de rage. Elle hurlait toujours. Cauchemar. Son visage. Ses yeux. Tout était déformation. Sa douceur n'était plus. Sous mes yeux ébahis gesticulait un monstre.

Un monstre de un mètre soixante et de cinquante kilos.

Oui mais un monstre aux yeux noirs…

— Pourtant ?

— Je n'imaginais pas à quel point…

— C'est de cela dont tu te sens coupable ?!
    Tu t'en veux de ne pas avoir su voir… Et
    voir quoi, d'ailleurs ?
  « Quelle souffrance se cache derrière un
sourire ? Et le poète s'écrie : "et ton rire trempé
de pleurs que l'on ne voit pas" », elle se tourna
vers moi. « Ne fais pas cette tête, Luc… » et elle
me tira la langue.

  Mes yeux fouillèrent les siens à sa recherche :
« Agathe ? ». Légère lueur de vie dans le fond de
son regard. Lutte trop connue pour refaire
surface. Le fond des ténèbres et pourtant,
toujours cet éternel retour. Cette éternelle
reviviscence. Et son retour à elle : « Luc… ».
Murmure. Souffle. Tristesse…
Et son départ précipité.
Loin de moi…

  Un mouvement à ma périphérie. J'observais :
une petite bonne femme se tenait en funambule
sur l'attache d'un voilier. Elle y marchait dans un
sens puis dans l'autre, tanguant de temps à autre

et menaçant de tomber. Intrigue. Je me rapprochais. Sourire : « Toujours sur mon chemin, madame ! ». Elle tituba dangereusement. Repris son équilibre. Me dévisagea. Et toujours cet éternel malaise. Cette sensation que quelque chose n'allait pas... Et ses immenses yeux sombres : « Tu n'as pas de chemins ». La sentence était tombée. Encore aurait-il fallu la piger. Elle se trouva devant moi et m'étudia, « Comment se fait-il que tu aies vieilli ? ».

« Vingt-cinq ans, ça use un homme ! » riais-je, mal à l'aise devant son regard.

« Le temps fluctue selon la proximité et la taille des objets qu'il met en relation ».

Et toujours mon éternelle incompréhension. Dialogue de sourd. Sans intérêts...

« J'allais manger. Tu veux m'accompagner ? »

« Avons-nous faim ? » se moqua-t-elle en observant son ventre.

Ses agissements me laissaient perplexe. En proie à l'incertitude. Je l'observais s'éloigner et reprenais ma route. La tête pleine d'interrogations.

Agathe...

Dès nos retrouvailles, je compris sans comprendre. Je *sentis* que tout n'allait pas de soi...

Lorsque mon regard se posa sur elle, une vague de joie déferla en moi. J'étais heureux de la rencontrer. Je m'avançais « Agathe ?! »

Aucune réaction. Doute. Etait-ce bien elle ? Je me penchais, « Luc, tu te souviens ? », et notais sa position à même le sol alors qu'un banc était à proximité. Son immobilité, son regard vague me rendirent perplexe. Mes mots n'avaient aucun effet sur la personne assise devant moi. Ce fut comme si...

Comme si pour elle, tu n'existais pas.

Comme si elle ne m'entendait pas. Comme si elle-même n'était pas là.

Malaise. Son immobilité était inhumaine.

Puis, doucement, très lentement, je notais un léger changement de sa position, un redressement infime : « Il va pleuvoir... ». Le ciel était identique au moment de mon entrée dans le parc. Elle sauta sur ses pieds. Chute de quelques gouttes sur mes joues : merde, elle avait eu raison.

Déluge. Et mon incrédulité. Elle éclata de rire. Son visage déjà détrempé et pourtant lumineux. Chaud. Familier. Sa gaieté... Elle dansait, rayonnante sous l'averse.

Ah... Agathe...

« Par moments, j'ai l'impression que tu... Ne me vois pas. Comme si... Comme si, tu voyais quelqu'un d'autre à ma place. Tu me regardes de cette façon étrange et qui me donne l'impression que tu observes un étranger ».

Agathe baissa les yeux sur moi. « Tu te méfierais aussi, si comme moi, il t'arrivait de confondre rêve et réalité ».

"Tu es réel, Luc !"...

La pluie. Je courais toujours jusqu'à la plage. Plongeais dans les vagues. Nageais jusqu'à elle. Son air était toujours indifférent. Pourtant parfois troublé par la surprise ou l'hésitation.

Te reconnaissait-elle ?

Je l'arrosais : « Ne fais pas cette tête ! ». Elle me tirait la langue.

Elle sourit. « On dirait que les oiseaux sont passés ».

J'écarquillais les yeux et m'inspectais tandis qu'elle éclatait de rire.

« Toi et tes blagues… Nous avons suffisamment compté les moutons pour aujourd'hui ».

Elle s'assit lentement, s'aspirant dans la contemplation des lieux. « Il allait souvent là-bas… ». Mélancolie dans sa voix. J'observais l'énorme caillasse sombre érigée dans l'eau grise et noire. « Nous allions sauter de là-haut, tu te rappelles ? ».

« Comment peux-tu savoir cela… ?! Quoi ?! Je n'ai jamais sau… Quoi ?! »

« Tu ne te souviens pas ? » et comme elle ne répondait pas, je me tournais vers elle. Oubli de tout.

Ses prunelles me fixaient.

Elles me pillaient.

Elle colla son visage au mien. M'attrapa par le menton. M'inspecta de tous côtés. Surpris. Je ris. Gêné. Comme d'habitude… Elle ébouriffa ma chevelure. Tira dessus. Regarda les brins argentés dans sa main. Glissa un doigt glacé sur chacune de mes rides. Etudia mes traits. Enfin, elle me libéra. Gardant sur le visage un air obscur. Ses yeux onyx plantés dans les miens : « Je n'étais pas là… ».

« Si ! Tu étais sur la plage… »

« Ce n'était pas moi ! » coupa-t-elle, bondissant sur ses pieds. « Vous ne m'emmeniez jamais avec vous lorsque vous alliez sauter : c'était votre « truc entre mec » ».

« Mais si ! Tu y étais ! Je me souviens ! »

« Non. La fille qui venait avec vous, ce n'était pas moi. Cela devait être l'une de vos petites amies mais pas moi… "Truc entre mec", hein ?! »

Voilà qu'elle fuyait mon regard. Ne sachant d'ailleurs où poser les yeux. Elle jetait des coups d'œil angoissés aux lieux. L'air paniqué. Soucieuse…

« Ça va ? ».

« Faut qu'on remédie à ce souvenir falsifié ! » fit-elle en s'élançant à grandes enjambées en direction des rochers. J'avais compris ses desseins. L'inertie. Je la suivais. Nous grimpâmes la roche. « Fais attention ». Je m'inquiétais de la voir tomber.

La chute. L'adrénaline. Douce. Vivifiante. Parcours violent de mes membres. La morsure glaciale. Le choc cardiaque. Le tumulte. Et son rire, son visage heureux. Ses bras autour de mon cou. Son corps glissant contre le mien. « Tu es réel, Luc ! ». Le son assourdissant des vagues. « Je n'aurais jamais cru… Tu es là ! ». Sa voix couverte par le bruit. Mes oreilles dans l'eau… Je ne comprenais pas tout ce qu'elle me disait…

"Tu es réel, Luc"…

Quand ai-je d'ailleurs commencé à comprendre ? À l'entendre ?

Aujourd'hui…

À mes pieds, le sol courait et s'écroulait brusquement en un ravin. Agathe se tenait au bord. Je m'approchais.

« Je sais… Je la ressens partout. Elle est sur toi, sur ton visage. Tout ton être l'exprime… Mais toi, tu ne la ressens plus », chuchota-t-elle. Je glissais ma main dans la sienne. En bas, une rivière serpentait indifféremment. À nouveau, je faisais l'expérience du vide. Il s'étalait là. Se créait sous nos yeux. Et, je restais debout. En son centre. Terrifié par la magie de son attraction. Je ne trouvais rien à lui répondre. Seulement cela, pour lui signifier que je savais : « nous pourrions sauter… Mais ce n'est pas ce que font les adultes ».

« Être adulte est un malentendu… »

« Les enfants ne se suicident pas », soufflais-je.

« Non », admit-elle, faisant pourtant un pas en avant.

Réflexe ! Je la repoussais violemment. Et nous vacillâmes… Le nez dans les feuilles, je l'entendis éclater de rire et l'accompagnais aussitôt.

« Alors je ne te délire plus… ? Ou est-ce pire que cela ? Une réalité en carton ? Théâtre douteux… Quelque chose à l'orée des songes ? Pas encore monde… ».

Je l'amenais contre moi. « Plus de monde du tout… ».

La chute. L'adrénaline. Douce. Vivifiante. Parcours violent de mes membres. La morsure glaciale. Le choc cardiaque. Le tumulte. Et son rire, son visage heureux. Ses bras autour de mon cou. Son corps glissant contre le mien. « Tu es réel, Luc ! ». Le son assourdissant des vagues. « Je n'aurais jamais cru... Tu es là ! ». Sa voix couverte par le bruit. Mes oreilles dans l'eau... Je ne comprenais pas tout ce qu'elle me disait...

Je me figeais. Surpris. Exaspéré. La porte claqua. Je demeurais seul avec son manteau dans les mains. Je revins sur mes pas : « Agathe, c'est bon ! Reviens ! ».
Mais, Agathe ne pouvait pas revenir...
Elle avait sombré. Plantée là. Au milieu de la route. Face à moi. Le regard éteint. Regard que je ne lui supportais plus. Je la secouai et hurlai : « Arêtes ! Arrêtes de faire ça ! ». Elle se débattit alors violemment et dégagée de mon étreinte, s'enfuit à toutes enjambées. « Agathe ! » Mais elle ne se retourna ni ne revint vers moi.

« Agathe ! Réveille-toi ! » Je posais ma main sur son épaule. Elle gémit et me repoussa dans un réflexe que je ne compris pas et qui me blessa.

Contact de mes mains sur sa peau. « Agathe ? »
Frémissements. Quelque chose se produisit.
« Luc... », tant de tristesse dans sa voix, d'accablement. Et son départ précipité.
Ses fuites toujours plus loin de moi... Toujours plus longues. Et moi qui mourais de la voir disparaitre, qui ne comprenais pas.
Agathe était intouchable...

49

Je la grondais. Mais elle ne m'écoutait pas ; « Comment m'as-tu retrouvée ? » me demanda-t-elle, songeuse. « Tu es sûr que… J'ai beaucoup de mal à le croire. Pas après tout ça… ». Et à nouveau, elle prit mon visage entre ses mains, le scruta. Fallait-il que je m'y habitue ? Je me dégageai rapidement. Peu désireux d'entendre ses commentaires à propos de ma vieillesse et décidai de l'imiter. Je l'attrapai entre mes mains, collai mon visage au sien : observant le grain de sa peau, ses légères rides au coin des lèvres, celles du contour de ses yeux. Il fallait se rendre à l'évidence : elle était encore très belle. Enfin, j'enfonçai mon regard dans le sien. Elle était amusée mais face à mon regard pénétrant, elle se troubla et ses prunelles se voilèrent. Je perdis son contact. Au plus proche d'elle, elle se déroba derrière un épais brouillard. Je la lâchai…

Conscient de sa faiblesse que tu ne te nommais pas encore… Conscient d'être allé trop loin.

Et la regardai. Confus. Allait-elle me quitter encore une fois ?

Au moindre effleurement, je montais en garde.

Les choses entre elle et moi avaient changé… Parfois, je me tenais face à elle alors que nous discutions et je faisais un pas en avant, naturellement. Je ne tardais pas à me rendre compte qu'alors, elle finissait toujours par en faire un en arrière. Laissant entre nous un bon mètre de distance…

Je ne m'y habituais pas… Jamais.
J'étais surpris à chacune de ses réactions. Je ne comprenais pas… Je ne parvenais pas à comprendre.

« Je suis maudite, Luc »…

« L'amour n'empêche pas la mort »…

« Quelqu'un a peur ! Est-ce moi ? » elle se tourna vers moi. « Ne t'en fais pas ! Nous arrivons bientôt ! »
Quelque chose dans son regard me frappa…
Mais quoi ?
« Dans la symbolique moyenâgeuse, la forêt était considérée comme un lieu de perdition et de danger. N'y vivaient que des bêtes affreuses, des monstres horribles et des fous, des insensés, des êtres maléfiques. Elle était un antimonde. Et les chevaliers qui s'y égaraient perdaient la raison… »
« Je pressens ce qu'ils voulaient dire… D'ailleurs, ne sommes-nous pas perdus ? Il y a longtemps que le chemin a disparu ».
Mais elle continua d'avancer.
La forêt d'Agathe…
« Il existe d'autres chemins, Luc. Des chemins qui te sont invisibles car tu n'as pas appris à les repérer, à les lire. Comme si *savoir* lire un texte, le voir, dépendait d'abord de ta capacité à le lire. *Savoir*, se laisser voir, se rendre visible à celui qui sait déjà. Tu n'as pas appris à lire… Mais d'autres que toi savent le faire. Alors l'autre devient tes yeux…

Tu n'as d'autres choix que de te fier à lui...
D'autres choix que de le laisser t'apprendre à
lire... Car il est détenteur d'une expérience que tu
ne pourras pas faire sans lui ».

« Et si l'autre est fou ? »

« Encore plus s'il l'est ».

Nous grimpâmes quelques rochers et
débouchâmes sur un plateau clairsemé.

« Nous y sommes ! »

« Je suis tout seul désormais »

Agathe frémit. « Tu ne l'es pas. Nous ne le
sommes jamais. Même dans les moments où l'on
semble le plus seul. Lorsque tu rêves par exemple,
n'as-tu jamais remarqué la présence d'un autre
que toi ? Et lorsque tu parles seul, contre toutes
apparences, tu t'adresses à quelqu'un... Jamais
tout seul. Jamais ».

« Mais ces personnes en rêve n'existent pas... Ce
n'est pas tout à fait pareil ».

« Ah non ? Alors pourquoi leur parles-tu ? »

« Je ne parle pas seul... Je parle toujours à
quelqu'un ».

Elle sourit. « C'est ce que je te dis. Nous parlons
toujours à quelqu'un... ».

Agathe parlait seule...

Agathe parlait à quelqu'un... Parlait *pour*
quelqu'un...

« Laisse-toi guider. Apprends. Apprends que
l'autre sait. Apprends qu'il est détenteur d'une
expérience que tu ne peux faire sans lui. Laisse-le
être tes yeux... ».

« Il est tard, je vais te ramener. Où habites-tu ? »

Agathe se tourna vers moi et s'assombrit. « J'habite un nœud ». Elle me prit par la main et m'entraîna à travers toute la ville jusqu'au pied de la colline. Nous la montâmes et une fois en haut, je découvris un nouveau paysage : celui de la vallée toute entière ruisselante des lumières humaines et astrales.

Une ancienne bâtisse s'élevait sur le plateau. Nous en fîmes le tour et elle dégagea du sein des grillages une ouverture. Quelques instants plus tard, nous entrions dans les lieux par une petite porte dont le volet de bois ne tenait plus.

Une importante odeur de plâtre humide imprégna nos narines dans cette obscurité profonde. Elle m'entraina dans un dédalle de couloirs que je ne voyais pas et nous immergeâmes dans ce que je sentis être une pièce. Elle me lâcha. Je l'entendis s'éloigner de moi et ouvrir les volets des fenêtres. La lumière s'immisça et je découvris une pièce ronde entourée de petites fenêtres. Je m'approchai de celles qu'elle venait d'ouvrir et jetais un coup d'œil à l'extérieur. En contre bas, scintillaient les lumières de la ville toute proche, je reconnu le port, la mer, les plages. « C'est ça la vie ! Ouvrir un volet et découvrir des paysages magnifiques derrière ! » Agathe pouffa. « C'est là que tu vis ? », elle acquiesça et fit un geste évasif vers la pièce. Je me tournai et découvris un matelas et quelques affaires. « C'est ma chambre », dit-elle comme pour répondre aux interrogations qui naissaient dans mon esprit.

Que dire ?

« Tu me fais visiter ? »

Elle alluma une bougie et s'avança dans les couloirs. Nous fîmes chaque pièce, des souterrains à la tour de verre qui surplombait le bâtiment.

Je détournais mes yeux des paysages qui se déployaient tout autour de nous, conscient de flotter au-dessus du monde. « C'est la colline que tu appelles le nœud ? », elle me sourit. « J'ai un colocataire ! »

Je m'assombris. « Qui ? »

Nous redescendîmes et revinrent dans les souterrains. « Liam ! Liam ! Tu es là ?! »

Un adolescent apparut dans l'ombre du couloir.

« Salut ! », lui lança-t-elle. Il s'assombrit lorsqu'il me vit. « Ne t'inquiète pas, c'est un ami », le rassura-t-elle.

« Salut », lui dis-je en lui tendant une main incertaine.

Nous nous installâmes dans les cuisines avec Liam.

Agathe et lui vivaient ensemble depuis quelques mois et s'entraidaient pour manger. « Et pour l'eau ? »

« Il y a un puits dans la cour, et les pins donnent de quoi avoir du bois ».

Je me tournais vers elle. « Pourquoi ne m'as-tu pas dis que tu vivais ainsi ? »

Elle m'observa. Parfois, il me semblait qu'elle me voyait comme pour la première fois. « Enfin,

Agathe ! Tu ne peux pas rester comme ça ! Tu vas t'attirer des problèmes ! En plus, quel âge il a ce gosse ? Il doit être recherché par sa famille ?! »

Le jeune en question sauta sur ses pieds et se précipita sur moi. « Ne parle pas de ma famille, connard ! Pourquoi crois-tu que je suis dans la rue ! Si tu dis quoi que ce soit à quiconque de la façon dont on vit, j'te tue, c'est clair ?! », ses yeux sortaient de leurs orbites et l'espace d'un instant, un instant suffisant, je le croyais. Mais j'étais plus grand que lui, plus costaud et il ne me faisait pas peur. Je posais une main sur son épaule et vissais mes yeux aux siens, « ne flippe pas, bonhomme ! J'te renverrai pas chez tes vieux… ». Agathe posa également une main sur sa seconde épaule : « lâche-le maintenant ! ». Il lui obéit et se tourna vers elle, mécontent. Elle le fixa d'un regard froid. Aucun d'eux ne parla, pourtant… Quelque chose circulait entre eux, je pus le sentir. Agathe se retourna et revint vers le feu : « la bouffe est prête ! ». Je croisais le regard du gosse, il s'était détendu. Nous mangeâmes calmement.

Elle vivait sous tension, au sein même d'une tension de laquelle elle n'arrivait pas à s'échapper. Le plus étonnant alors était la présence de ce jeune à ses côtés : la tolérance qu'elle manifestait pour qu'il vive avec elle. Pour qu'elle accepte sa présence auprès d'elle.

Mais une fois encore, tous les deux s'étaient bien trouvés. Comme j'avais moi-même bien trouvé Agathe… Et que contre toute attente, elle s'était battue avec elle-même pour me laisser entrer.

Un temps…
Elle n'a pas eu le choix…

Liam et moi apprîmes à nous faire confiance et je fus heureux qu'il soit là, ce jeune, pour s'occuper de mon Agathe. Peut-être est-ce alors celui qui la connut le mieux, celui qui la protégea d'elle-même le plus longtemps… Je fus heureux qu'il soit là, quand…

Enthousiasme. Je la tirais par le bras tout en riant, « Allez ! Viens ! Tu vas attraper froid ! ».
Trouver refuge. Un bar proche. Evaporation de la gaieté et étonnement. Regards méprisants.
Qu'est-ce que…
Le patron déboula de nulle part : « Dégage ! Tu sais très bien qu'on ne veut pas d'toi ici ! ».
Réaction d'Agathe. Elle l'ébouillanta avec une tasse de thé chaud… Jetée en plein visage. Je ne compris rien... Agathe me trainait déjà dehors. Et s'élança. Nous courûmes tout le long du fleuve. Arrivâmes à la mer et là, bien obligée, elle s'arrêta. À mon plus grand soulagement. Reprise de mon souffle. Elle, elle s'assit sur le sable et joua avec. Un court instant. Elle observa la mer, sauta à nouveau sur ses pieds et, se dévêtit.

Personne n'osait approcher Agathe. Sur son passage, les gens se retournaient et lui jetaient de méchants regards auxquels bien sûr, elle ne prêtait pas attention. Ou, ils se penchaient les uns vers les autres et se murmuraient des mots dont eux seuls avaient connaissance.

Je n'ai jamais eu vent de tout ce qui se disait à son sujet…

Même ma mère refusait Agathe et ne voulait pas en entendre parler…

« Luc ?! C'est toi ?! »

« Qui d'autre, M'man ? Gath' est avec moi ! »

Elle entra. Je fermais la porte et lui pris son manteau.

« Tu l'as ramenée ici ?! », s'exclama ma mère. « Je ne veux pas d'elle dans cette maison ! ».

Je me figeais. Surpris. Exaspéré. La porte claqua. Je demeurais seul avec son manteau dans les mains. Je revins sur mes pas : « Agathe, c'est bon ! Reviens ! ». Mais, Agathe ne pouvait pas revenir. Elle avait sombré. Plantée là. Au milieu de la route. Face à moi. Le regard éteint. Regard que je ne lui supportais plus : « Arêtes ! Arrêtes de faire ça ! ». Je la secouais. Elle se débattit alors violemment et dégagée de mon étreinte, s'enfuit à toutes enjambées. « Agathe ! » Mais elle ne se retourna ni ne revint vers moi…

Un des voisins me regardait. « Luc ? Ça va ? » Me demanda-t-il.

« Bonjour ! Oui, c'est juste Agathe qui… »

« C'est bien la jeune fille qui venait avant ? » M'interrogea-t-il.

J'opinais.

« Les gens ont peur d'elle », affirma-t-il avant de retourner chez lui.

Agathe savait ce que les gens pensaient d'elle…
Elle n'avait pas voulu entrer chez ma mère.
C'est moi qui avais insisté…

« J'ai vu Agathe aujourd'hui ! J'ai passé l'après-midi avec elle ! »
« Agathe ? C'était bien la fille qui… »
« Ouais ! M'man ! Gath'… ! »
Haussement d'épaules : « Que devient-elle ? ».
Et ma surprise. Impossibilité de réponses. « Nous n'avons pas parlé de cela… ».
Moquerie : « Et de quoi avez-vous parlé alors ? ».
« Nous n'avons pas parlé, c'est tout », tranchais-je.
« Du travail ? » demanda-t-elle alors.
« Non, toujours rien… »
« Ne t'approche pas trop d'elle… »
« Quoi ? Pourquoi tu dis ça ? »
« C'est un conseil, c'est tout ».
Je m'assombris : « Ah ! Y avait longtemps ! Tu ne peux pas faire ça ! Lancer un truc en l'air et ensuite te défiler ! ».
« Quoi encore ? » lassitude dans son ton. « Je crois que ma phrase ne manquait de rien, ni de sens, ni de mots, ni de verbes. Si tu ne comprends pas la syntaxe, ce n'est pas ma faute ! »
« Sérieux ? Tu joues à ça avec moi ?! »
« Bon ! Luc ! Vas-t-en ! Sors ! Fais quelque chose mais ne restes pas dans mes pieds ! »
Humeur mortifère. Recherche d'Agathe : introuvable. Désespoir et envie de rien. Retour à

la case zéro : l'inactivité au sein du lit. Pas de but. Pas de sens…

Lorsque nous étions adolescents déjà, elle possédait ce petit quelque chose que les autres qualifiaient de « bizarre ».
Alors que je demandais à mes amis comment il la trouvait, l'un d'eux me répondit qu'elle lui faisait peur.
"Elle me fait peur… Elle a quelque chose. Je ne sais pas… Dans son regard".
Moi, je l'avais toujours trouvé belle. Atypique à cause de son physique déconcertant : ce petit brin de femme tout blond qui possédait pourtant des yeux si profondément noirs.
Surnaturels.

J'ai assisté aux moqueries des enfants, aux noms d'oiseaux que les piliers de bar lui donnaient : « la bauja » presque affectueusement. Eux semblaient s'être attachés à elle. Et comment ne l'auraient-ils pas été ? Tout comme le gosse qui éprouvait pour elle un respect et une tendresse immense bien qu'il ne le témoigna que peu. Tout comme moi… Moi, qui pensais Agathe, dormais Agathe, mangeais Agathe, rêvais Agathe… Vivais Agathe.
Comme je ne vécus d'ailleurs jamais pour aucune autre…
Un jour seulement j'eus vent d'une histoire la concernant. Mais…

Ce fut mon voisin qui me la conta.

La curiosité me piqua dès lors qu'il me parla d'elle et lorsque je le rencontrai à nouveau, je ne pus m'empêcher de lui poser des questions. Il ne répondit à aucune. Cependant, il m'invita à boire un café et me raconta ce qui semblait n'avoir rien à voir avec mes préoccupations.
Une femme sans visage…

« Je vais t'dire M'man ce qui vous dérange tous ! C'est qu'elle est la Vie. Vie au milieu des morts… »
M'man leva les yeux au ciel. « Ta façon de la voir est très jolie ! Je ne te pensais même pas capable d'une telle vision des choses… » Ironisa-t-elle. « Mais, et si c'était l'inverse, Luc ? Si tu te trompais ? Si tu n'allais vers elle que parce que tu transfères ta propre souffrance sur la sienne ? Tu te reconnais en elle parce que vous êtes morts tous les deux. Et tu as tort de croire qu'elle te redonne vie. Tant que tu resteras auprès d'elle, tu ne t'en sortiras pas. Tu resteras mort… ».

"Tu te reconnais en elle parce que vous êtes morts tous les deux. Et tu as tort de croire qu'elle te redonne vie. Tant que tu resteras auprès d'elle, tu ne t'en sortiras pas. Tu resteras mort…"
Recul. Retour sur les circonstances. M'man avait-elle exagéré comme je l'avais cru ? Agathe n'avait-elle pas été mon symptôme ?
Je m'étais attaché à elle, certain qu'elle comprenait. Elle savait et je savais qu'elle savait que je savais sans besoin de mots… Juste de maux. Indicibles.

Besoin de se rassurer, de se dire qu'on n'est pas seul dans son délire. Et si on n'y est pas seul alors c'est qu'on ne délire pas...

Mais si j'avais croisé le corps d'Agathe au fin fond d'une morgue, recouverte d'un drap blanc. N'aurais-je pas eu la même réaction ? Rythme cardiaque accéléré, ne serais-je pas allé vers elle ? N'aurais-je pas utilisé ces mêmes mots débiles : « Agathe ?! C'est moi Luc, tu te souviens ? ». Et après tout, n'aurait-elle pas réagit pareil ? Autrement dit, aucune réaction du tout. Être désert... Mort... Vers qui je me serais avancé parce que je l'aurais reconnu, reconnu comme souffrant au même endroit. Reconnu comme un double.

Des pierres identiques... Des pierres qui n'ont pas conscience de souffrir. Car quelle souffrance les pierres peuvent-elles ressentir ?

« Je suis le cœur souffrant de Luc ».
J'éclatai de rire. « Je suis le cœur souffrant d'Agathe ».
Je suis le cœur souffrant...

Gênée, angoissée. Comme pliée sous un poids... Fixant le précipice. « Je sais... Je la ressens partout. Elle est sur toi, sur ton visage. Tout en toi l'exprime mais toi... Toi, tu ne la ressens plus... »
Paniquée.
"Je la ressens partout..."

Agathe avait été comme un double, souffrant au même endroit... A l'endroit du cœur, qu'elle disait s'être fait arracher et que moi-même, je ne possédais plus.

Sauf que la perte du cœur n'avait pas causé les mêmes troubles chez moi que chez elle.

— J'aurais dû comprendre... Et si j'avais compris...

— Cela aurait-il vraiment changé quelque chose ?

Il y avait dans le regard d'Agathe comme une déchirure.

Ses yeux noirs étaient déchirés...

Et dans cet interstice, je ne faisais que me voir flottant au milieu du néant.

Pourtant, je demeurais aveugle...

Aveugle.

Agathe était un abîme en train de bailler... Un trou noir en formation et dans cette expansion du vide, une seule chose restait debout, au centre, créant le vide autour d'elle. La seule chose qui l'avait détruite et qui pouvait encore la sauver.

Doublement aveugle...

La seule chose qu'il aurait fallu voir... Je ne la voyais pas.

Laissant le vide se faire, incapable de comprendre... Abandonnant Agathe à l'incompréhension.

Abandonnant Agathe...

N'apprenant que bien plus tard ce qu'était cette chose, ce centre de tout.

Lorsque le sort aurait été scellé…
La clef n'existant qu'après la fin de tout.
Tout…

> — Cela aurait tout changé… Mais on comprend toujours trop tard, n'est-ce pas ?

« "Quelle souffrance se cache derrière un sourire ?", demande la doctoresse tandis que le poète s'écrie : "et ton rire trempé de pleurs que l'on ne voit pas" », Agathe se tourna vers moi. « Ne fais pas cette tête, Luc… » et elle me tira la langue.

> — Agathe était malade… Je savais qu'elle souffrait mais je n'avais pas idée d'à quel point.

Le voisin m'offrit un café et me raconta une histoire : celle d'une femme, revenue après de longues années d'absence dans sa ville natale…

Cette femme marchait nuit et jour. Sans arrêts. On la voyait aller par la ville. D'autre fois, on la retrouvait aux champs. Dans les vignes. Dans les cultures. À la plage. Au sommet des montagnes. Au bord des falaises. Cette femme, tous l'ont déjà aperçue. Certains l'ont vue. Mais tous l'ont déjà croisée. Assise. Debout. Errante ou, immobile. Funambule d'entre deux-états. Vacillante et marchant sur un fil. Le regard lointain. Vide. Hagard. Les larmes aux yeux. Le sourire aux lèvres. Un sourire rouge à lèvre. Et un rire. Un rire hystérique à chaque fois qu'on l'approche. Qu'on croise sa route. Elle crache son rire. Elle le dégueule sur les passants. Mais qui la regarde, sait. Qui se cache pour l'observer, voit. On a vu ses larmes dans le clair de lune, dans l'aurore ou dans le soleil de midi. Elle va l'œil brillant, au début. Puis son regard se fige. Elle s'arrête au milieu des rues. Comme foudroyée. Paralysée. Elle meurt... Parfois, on la laisse ainsi en fin d'après-midi et on la retrouve au même endroit le matin venu. Elle dérange. Elle fait peur. On la regarde sans l'approcher. On ne voudrait pas qu'elle soit contagieuse. On la cache aux enfants ou on les laisse l'embêter un peu. On a envie de l'embêter aussi. Puis, elle se réveille. Elle sort de sa transe. Elle se remet à rire. Les yeux écarquillés entre deux rictus, elle regarde chacun de ceux qui l'entourent. On est glacé jusqu'aux os devant son regard. Déstabilisé. Elle repart et son rire, son sourire tracé, superficiel, éternel, reste. On la chasse. Mais qui sait regarder, voit. Et on la voit marcher sur le bord des trottoirs à côté de la route. On la voit monter sur les ponts et se suspendre au-dessus du vide. On la voit tomber... Et son sourire...

Ah... Son sourire...

Mais qui sait regarder, voit. Et ce qu'on voit, ce qu'on sent, c'est l'écroulement. La chute d'un monde tout entier au milieu duquel, elle reste debout. Contre toute apparence...

Agathe possédait en elle quelque chose de l'hystérie.

Ses yeux très noirs et sans expression.

Et son sourire alors que rien en elle ne souriait...

— Qu'avait-elle ?
— Elle est restée debout au milieu du néant... Elle a survécu.

« Pourquoi ? Comment es-tu devenue comme ça ? »

Elle me sourit tout en continuant à mâchouiller. « Tu veux une explication ? Il n'y en a pourtant aucune. Il n'y en a jamais eu... Une absence complète de sens. Je pourrais bien te dire la disparition de tous ceux que j'ai aimés. Cela ferait-il sens pour toi ? Les autres semblent s'en contenter... ».

Il me sembla que oui.

Pourtant...

« Je ne l'ai pas cru... J'ai essayé quand même. J'avais droit à l'amour, j'ai essayé, tu sais. De passer outre. J'réussissais pas. Aimer, c'est compliqué. Il y a même une sorte de culpabilité : s'autoriser à aimer quelqu'un d'autre... Pourtant, un beau jour, on y parvient. Mais bien sûr, aimer et être aimée ce n'est pas normal. Et lorsque le miracle se produit, la vie s'arrange pour tout détruire. Peut-être même que le miracle ne s'était pas encore réellement produit. Que la vie a empêché qu'il se produise. Sûrement... »

« Il était vivant, il m'aimait... Et puis il était mort ».

« J'ai reçus un appel de ma mère... Elle était encore vivante, elle me suppliait de les rejoindre. Je lui ai dit que j'arrivais, j'ai raccroché pour qu'elle économise ses forces et j'ai couru. J'ai couru. J'ai couru. Je cours encore... Et c'était trop tard. Un drap blanc la recouvrait déjà et j'entendais encore son souffle dans le téléphone, j'entendais ce qu'elle n'avait pu me dire et je hurlais ce qu'elle n'avait pas eu le temps d'entendre… Depuis, c'est avec un trou dans la poitrine que je vis. Un trou fait au bazooka ».

"Je suis maudite, Luc… Je ne l'ai pas cru… "

"L'amour n'empêche pas la mort".

La fin du monde… Agathe l'avait connu.
Et on l'accusait d'anormalité alors qu'autour d'elle, tout son univers ne cessait de chavirer et qu'elle devait trouver un moyen pour rester sur ses deux pieds, en équilibre.
Petite Funambule…

— Qu'était-elle ? Une amie ?
Son visage tendu vers le ciel étoilé.
Et la lumière qui en émanait.
Lumière dans l'obscurité…
Et ces mots lancés vers les cieux et qui pourtant s'enracinaient en moi. À jamais…
L'étrange sensation qu'ils produisaient.
Cette étrangeté familière et attirante, irrésistiblement attirante.
En ce temps-là, j'aurais retrouvé Agathe n' importe où dans le monde par la simple magie de l'attraction qu'elle exerçait sur moi.

A l'époque, cela me semblait être du pur hasard…

Ses absences me rendaient grincheux.

Et ma mère ne le supportait pas. « Tu devrais sortir ! Il fait un temps magnifique… Va donc te promener au bord du Canal ! Cela te changera les idées… »

L'endroit était calme. Voir désert, à l'exception de rares personnes qui s'y promenaient.

Je marchais longtemps. Très longtemps.

Ma vie semblait dépendre de cette marche. Comme si m'arrêter signifiait la fin d'une chose importante que je ne saisissais pas.

J'étais animé par l'invisible…

Le soleil transparaissait entre les branchages. Les champs défilaient à mon côté. Des maisonnettes en ruines se construisaient ou se détruisaient sur mon passage. Les vignes s'étalaient autour.

Et je marchais toujours. Vaguement conscient de tout cela…

De temps à autre, une péniche circulait sur les eaux vertes. Ou bien se balançait, accrochée à un arbre. Cela ne m'intéressait pas tellement…

La nature en revanche...

Son calme.

Sa bonté.

Je percevais qu'elle me parlait. Et que ses paroles me réchauffaient. Comme aucune autre n'aurait pu le faire…

Je marchais toujours. Incapable de savoir réellement ce que je ressentais. Indifférent à moi-même. Je ne me posais plus de questions. J'évoluais simplement…

Le soleil faiblit. Les berges changèrent de visage. Les platanes disparurent. D'immenses herbes blondes se balançaient désormais. La berge devint impraticable ou inexistante. Il fallait alors s'éloigner du Canal.

Je levais les yeux sur l'immensité d'un champ. Peuplé de ces hautes herbes blondes.

Derrière moi, s'élevait le volcan. Découpé dans le ciel bleu pâle de la fin d'après-midi. Plus loin, les marais étincelaient sous la lumière claire.

Je souris. Le spectacle était superbe. Et m'avançai, désireux de me noyer dans ce paysage. Euphorique devant ce miracle naturel. Et je trébuchai.

« Aie ! » fit une voix féminine.

« Je suis désolé ! Je ne vous ai pas fait mal » ?

Le gloussement de la fille m'était familier. Je réalisai. « Agathe ?! »

Ses yeux noirs...

Il y avait dans son regard tout le ciel étoilé des nuits les plus sombres.

Mais pas seulement...

Il y avait autre chose. Une chose que je ne parvenais pas à décrire, à m'expliquer. Une chose qui lorsqu'elle la posait sur moi, me faisait frissonner.

Devant un tel regard, je me sentais nu.

Incapable de cacher quoi que ce soit.

Cette chose je ne l'ai aperçue que quelques fois. Mais jamais plus dans le regard des hommes.

Je l'ai vu par contre dans le regard de certains animaux sauvages. Ce regard qui met mal à l'aise. Cette sensation d'avoir été vu. Réellement vu. Sensation qui devant un tel être ne nous quitte plus. Sensation qui nous pousse à la fuite, au dérobement.

Etait-ce ce regard qui força l'humanité à se couvrir, à s'habiller, à fuir la nature dans son entier pour se réfugier dans un univers superficiel et stérile ?

Les yeux d'Agathe me donnaient la réponse. *Elle* me donnait la réponse. Et, il m'arrivait de ne plus savoir, de ne plus savoir à quel monde j'appartenais. Celui des hommes me semblait être un tel mensonge... Un mensonge auquel je ne voulais plus appartenir et auquel pourtant, je revins.

"Mais qui sait regarder, voit..."
Cette chose dans son regard était comme une déchirure.
Ses yeux noirs étaient déchirés...

Je croyais que ma fascination pour elle venait de son mysticisme.
Car, pour moi, elle était mystique.
Je buvais ses paroles, la laissais me guider dans les dédales des paysages qu'elle créait pour nous : forêt, champ, rivière, plage. Je la suivais... Hypnotisé par elle.

« Pourquoi mademoiselle veut-elle rester ici ? »
« Les étoiles, mon ami ». Elle me sourit. « Monsieur ne sait plus. Monsieur a oublié. Et monsieur ne connait pas les beaux endroits dans lesquels il croit avoir grandi ». Je fronçai les

sourcils. Elle se tut et se rassit comme au moment où je lui étais tombé dessus.

La nuit se déposa sur nous.

Et avec elle, mon malaise…

La nature plongée dans les ténèbres, me paraissait inquiétante. Hostile à la présence humaine. La nuit, la nature n'est pas pour l'homme.

Les paroles d'Agathe à propos de la forêt me revinrent à l'esprit : le lieu où la raison se perd. Lieu du plus grand des dangers…

Qu'en est-il de la nuit ?

Le soleil est porteur de sécurité, de connaissances bienheureuses et rassurantes. Lorsqu'il disparait, disparait avec lui ce visage humain, ce visage qui se voudrait souriant. Alors apparait l'autre visage... Celui du fou, du sauvage, de l'animal.

Prédateur… Prédateur de la raison.

Comment Agathe pouvait-elle sembler si sereine au milieu de ce champ sombre ? Je frissonnais. Surpris d'apercevoir –d'halluciner –qu'elle aussi, au milieu des ténèbres, avait revêtu ce visage sombre. Elle se tourna vers moi. Méconnaissable.

La nuit, les choses sont différentes. Et ce qui appartient à la nuit, reste à la nuit.

Elle me fit signe de lever les yeux.

Les blés se dressaient tout autour de nous. Et au-dessus, dans l'espace restreint qu'ils laissaient libre, le ciel étoilé scintillait. Je me levai. Epoustouflé.

« Cela valait-il le coup, monsieur ? »

« Oui, Gath. Cela vaut le coup ».

Elle se leva à son tour et tendit son visage vers l'horizon. « Il y a des millions d'années, les premiers hommes posaient déjà leur regard sur l'immensité céleste. Je ne peux m'empêcher de penser à eux en cet instant. Mes yeux se posent là où les leurs se sont posés. Et ce geste simple, ce lieu où les regards se posent est une brèche dans l'espace-temps. J'ai le sentiment d'être l'un d'eux. Mes yeux ne sont plus les miens, ils sont aussi les leurs. Je suis primitive mais l'important n'est pas ce que je crois savoir de plus qu'eux mais cette question que je me pose devant ce ciel et qu'eux se posaient déjà : De quoi l'avenir est-il fait ? Qui suis-je ? Et si je sais quelque chose, qu'est-ce donc ? On pourra empiler tous les livres du monde les uns sur les autres en pensant qu'ils soutiendront la voûte céleste, on pourra accumuler toutes les connaissances que nous voulons, nous n'arriverons jamais à percer celles-ci ».

« J'imagine que tu ne me parles pas vraiment d'astronomie. Sinon oui, je devrais te confirmer que tu appartiens à l'homo erectus et que tu as raté quelques siècles d'évolution », me moquai-je.

Elle sourit. « Savoir que la circonférence de la planète est de quarante mille kilomètres et des poussières, t'avance-t-il à quelque chose » ?

« Pas moi personnellement. Mais j'imagine que cela importe aux scientifiques. Tu ne peux pas soutenir que la connaissance ne sert à rien. Sans elle, nous n'en serions pas là… ».

Elle me souriait toujours. « Ne regarde plus avec ça », me dit-elle en appuyant le bout d'un doigt sur ma tempe, « mais avec ça ». Elle posa sa main sur ma poitrine. Sur mon cœur. « Arrache-toi à elle. Laisse la partir ».

Je me raidis. Foudroyé. « Quoi ? Ne me parle plus jamais d'elle… Ou de mon passé ! J'en ai marre ! Je rentre ! ». Et je fonçai à travers champ.

Je supportais mal les allusions à Julie…

Elle m'arrêta. « Luc… », ses yeux étincelaient « Essaie ! ». Je restai à la regarder. Et m'apaisai.

Agathe et ses pouvoirs magiques…

« Ressens ce qui t'entoure ! débarrasse-toi de la pesanteur des acquis. La source de la vie ne s'y trouve pas ».

Je secouai la tête et levai mes yeux au ciel. Puis, les fermai, inspirai une grande bouffée d'air – chargée de son parfum à elle, de sa proximité. Et expirai. Je rouvris les yeux.

« Alors » ?

Abandon. Légèreté…

Mon esprit s'envola, s'éleva vers le ciel, libéré des cinq cent dix millions de kilomètres qui m'attachaient à la terre.

Je souris. « Je me sens… Ignorant. Mais cela n'a aucune importance. Comme si… Comme si le ciel savait pour moi. Qu'il savait que ça ira. Quoi qu'il arrive et que tout ce que j'ai vécu n'a de valeur que pour moi. Ne vaut rien sous ce ciel. Vaut tout mon monde. C'est un mélange de tout et de rien ».

En vérité, Agathe détenait la clef de ma guérison… Et, je le savais.

Elle me rassurait…

Je me fiais totalement à elle. Elle était devenue mes yeux.

Et comme elle l'avait dit dans la forêt, j'apprenais à lire un texte que je n'avais jamais su deviner. Je comprenais le sens de nouveaux mots…

Je sentais la présence d'un autre monde…

La présence de son monde à elle. Monde qu'elle m'ouvrait, me livrait…

Et je ne me rendais pas compte de l'effort qu'elle faisait.

Pour moi…

Je ne me rendais pas compte… C'était là le seul acte possible pour elle. Le seul mot qu'elle ne prononçait pas. Mot qui jamais ne serait prononcé parce qu'il était déjà inscription…

Elle était devenue ce qu'elle ne disait pas.

Tout son monde tournait autour de ce mot. Etait créé par ce mot dont le sens s'était écroulé.

Et tu ne le comprends que maintenant…

Assis-là, devant cette photo. Devant cette phrase lumineuse, qui dit sans le dire, son enfer…

— C'est plus compliqué…

Je finis par voir…

Par m'apercevoir qu'elle sombrait…

Il était trop tard…

Mes yeux s'ouvrirent dans un rayon de lumière.

Agathe n'était plus là. Je demeurai seul sous notre abri de fortune.

Au dehors, le ciel rosé d'Aurore se reflétait dans les eaux autour de moi et des silhouettes de flamands roses se découpaient sur le soleil orange.

Ce n'était plus le Canal. C'était l'étang. La barque était échouée.

Je m'habillai, cherchant Agathe des yeux.

Ses habits étaient toujours là, son soutien-gorge à mes pieds. Et aucune trace de pas ne m'indiquait la direction qu'elle avait prise. Je balayai l'étang des yeux. Et l'y trouvai : Venus se baignant dans les matins de Janvier, dans les bras du soleil tendus pour elle.

Sourire…

Comment faisait-elle pour se foutre à poil et plonger dans l'eau en plein hiver ?

Elle défiait toute logique. Toute bienséance. Tout ce qu'il faut faire ou ne pas faire…

Nue sous mes yeux… Ne se rhabillant jamais. Ne sachant même pas ce qu'habiller signifie…

« Agathe… », je lui tendis le premier vêtement que j'attrapais sans savoir s'il était à elle ou à moi.

Aucune réaction. Je demeurais le bras tendu. « Je suis mouillée, Luc. Il faut que je sèche ».

« Tu vas attraper froid ! »

« Si je mouille le vêtement, j'aurais froid plus longtemps ».

Je lui tendis ma veste. « Couvres-toi ! ». Elle obéit.

Je me tournai vers elle, « tu es têtue ! ».

J'entendis son rire au loin… Au loin. Rien ne me donna envie de rire. Horrifié.

« Qu'est-ce que c'est que ça ?! », je me jetais à ses pieds.

De longues éraflures remontaient ses jambes. Profondes et rougeoyantes.

Terreur, agressivité : « ne me touche pas ! » Et ses yeux… Des yeux de possédée « Ne me touche jamais ! Tu entends ! », elle hurla. Se leva. Sauta sur la plagette. Je demeurai horrifié par ses accès de rage. Elle hurlait toujours. Cauchemar. Son visage. Ses yeux.
Des yeux pas humains.
Tout était déformation, haine et violence.
Sous mes yeux ébahis gesticulait un monstre.
Un monstre de un mètre soixante et de cinquante kilos.
Un monstre aux yeux noirs...

Roulée en boule, les genoux fermement maintenus contre sa poitrine, elle se balançait tout en chuchotant des paroles incompréhensibles.

Elle essayait désespérément de se retenir, de retenir la totalité de son être, de s'empêcher de glisser.
Elle essayait de se retenir de glisser d'un monde à l'autre, d'être aspiré par le néant.
En vain…

« Gath ? », et ses yeux hallucinés, l'effroi sur ses traits. « Quelqu'un me l'a pris ! », parole tendue, prête à rompre. Panique. « Quoi ? Qui ? Qu'est-ce qu'on t'a pris ? ».
Le flot incessant de ses pleurs, de ses mots entrecoupés et qui ne voulaient plus rien dire.
Et moi, éternel con qui ne pigeais rien, qui ne voyais rien, qui continuais de ne rien voir…

Je la serrai contre moi. Embrassant le haut de son crâne, me persuadant que tout s'arrangerait, le lui disant, la rassurant : « je ne veux plus que tu vives ici, tu vas venir avec moi et tout ira mieux, tu verras... ». J'amenai sa main à ma bouche pour embrasser le bout de ses doigts.

Sang...

Ses mains étaient recouvertes de sang séché, coagulé sous les ongles.

Je levai son pantalon et reculai. Les balafres étaient ouvertes, pisseuses et chaudes. « Ça recommence ! Ça recommence ! », hurla-t-elle.

Quelque part dans mon ventre, quelque chose se noua et je déglutis comme pour avaler cette sensation désagréable. Pour continuer à faire face à la situation...

« Tu ne m'as pas dit, que t'a-t-on pris ? ». Elle me regarda comme si c'était entendu : « Mais mon cœur voyons. Je l'avais, j'en suis sure et là, il n'y est plus ! ».

Je ne comprenais pas... Cherchant un objet auquel elle tenait tout particulièrement. Un bijou peut-être... Don de sa mère ou de son fiancé.

D'autres crises survinrent.

De plus en plus violentes, de plus en plus incompréhensibles...

Et toujours ce cœur...

Elle s'arracha les vêtements, déchira sa poitrine en hurlant « là, regarde ! Regarde on me l'a pris ! »

Elle n'était pas réellement violente ou dangereuse pour autrui, elle l'était avant tout avec et pour elle-même.
Je n'étais pas préparé à ça... Je ne pouvais rien faire, je ne savais pas comment réagir, comment gérer ça.

Je vivais avec elle, mangeais avec elle, dormais avec elle, veillais sur elle à chaque instant. Et plus j'étais là, moins elle allait bien...
Plus, elle devenait violente avec elle-même.

J'attrapai ses jambes et me préparai à les soigner lorsqu'Agathe se releva dans un sursaut et se jeta sur moi comme un animal enragé.
Le monstre aux yeux noirs...

Elle s'en prit de plus en plus à moi.
Et même lorsqu'elle était elle-même, elle me demandait de m'en aller, de ne pas rester...
« Dégage ! Dégage bordel ! Tu ne vois pas ?!! »
Non... Je ne voyais pas...

Être en crise. Être en révolte contre soi-même... Lutte.
Elle jetait sa tête contre le sol avec une violence démesurée, elle jetait son corps contre les murs avec acharnement.

Parfois, elle me regardait et je voyais dans ce qui n'était plus son regard le désir de faire souffrir.
Elle désirait me tuer...

Elle me haïssait…

Le cœur dont elle parlait, n'était pas un bijou. Elle parlait réellement de *son* cœur. De l'organe vital *cœur*, qu'elle affirmait qu'on lui avait dérobé, ne sachant plus très bien qui et quand.
C'est toi qui affirme qu'elle ne savait pas qui et quand…
Toi encore qui ne voulais pas voir qui et quand…
« Il a volé mon cœur et mon identité et il me nargue avec, en permanence ! Je ne le vois plus mais je sais qu'il est là ! Je le sens, je l'entends », elle posa sur moi des yeux hallucinés mais auquel je n'échappais pas. « Je le vois ». Je frissonnais devant ce regard troublé et dont j'eu l'impression qu'il s'adressait à moi.
Je te vois…
« Ne t'en fais pas. Il n'y a personne… Et s'il y avait quelqu'un je l'empêcherais de te voler quoi que ce soit ».
Elle rit lugubrement. « Tu n'as pas pu t'en empêcher ».

Je reprenais la marche.
Réfléchissant sans cesse… Des pensées vides. Pleines d'Agathe.
Elle perdait le fil de sa vie.
Je regagnais le mien…
Un travail vint à moi.
Je ne pouvais plus lui accorder tant de temps.
Et pourtant, j'envisageais mon avenir auprès d'elle : je me lançais à la recherche d'un appartement pour elle et moi. Ne m'avouant pas

que je la voulais auprès de moi non pour l'aider mais…

Ne le lui avouant pas non plus…

Je la rejoignais le soir, ne me rendant pas compte…

Je continuais à avoir besoin d'elle.
Et plus je la sentais s'éloigner, plus je voulais réduire la distance entre nous.

Je nichais mon visage au creux d'elle et sentais tout son corps se durcir. Elle ne me prenait pas dans ses bras, ne me chuchotais pas de paroles réconfortantes… Je ne faisais que chercher un geste d'affection de sa part. Un signe de tendresse envers moi…
Elle restait pétrifiée. Incapable de ressentir quoi que ce soit. Impuissante… Puissante de ne rien ressentir, droite et fière.
Insensible…

Et je demeurais blessé devant son indifférence, révolté devant ses rejets, horrifié devant sa violence…

Agathe ne pouvait pas me rendre ces gestes-là.
Ma tendresse faisait dangereusement chavirer son équilibre bien établi… Je ne me rendais pas compte.
Ma présence trop pleine dans sa vie était en train de causer des tords irrémédiables et je ne voyais rien.

Trop occupé à attendre d'elle des gestes qu'il lui était impossible de rendre.

Trop occupé à vouloir prouver à mon égo que j'étais encore aimable. Je ne voyais pas qu'il aurait simplement fallu que je respecte ses distances, ses éloignements. Et que je lui dise la vérité... Que je m'*avoue* la vérité.

Peut-être cela l'aurait-il sauvée...

Mais au lieu de cela...

Les crises se firent plus fréquentes, plus longues et plus terribles.

Les soins que je prodiguais à ses blessures ne suffirent bientôt plus et je dus l'emmener aux urgences où on me regarda comme un dangereux criminel, pensant qu'Agathe était ma femme.

De là, la sonnette d'alarme des médecins retentit et bientôt la police l'embarqua pour un institut plus adapté. Un arrêté préfectoral circulait depuis quelque temps pour qu'on l'admette en soins psychiatriques. Les troubles d'Agathe nécessitaient des traitements mais l'argument du préfet était qu'elle compromettait la sûreté des personnes et portait atteinte à l'ordre public.

Le patron du bar qu'elle avait ébouillanté quelques mois auparavant avait porté plainte et quelques temps plus tard, elle s'était promenée nue dans le centre-ville.

Agathe fut donc internée.

« Les autres me rendent malade et moi, je les tue ». Souvent, elle me repoussait. Je ne pouvais plus la toucher sous peine d'excès de colère terrible, ou de fuites que je supportais mal.
Et quand elle fut hospitalisée, souvent on ne me laissa pas la voir.

« C'est étrange », me dit le gosse un peu avant sa disparition. « Elle allait pourtant beaucoup mieux... C'est comme si, quelque chose s'était à nouveau produit. Quelque chose qui la précipitait doucement mais sûrement dans les profondeurs de sa maladie. Personne n'est mort pourtant... ».

Non... Personne n'était mort cette fois...

Ma vie avait repris son cours.
Je travaillais, me faisais de nouvelles connaissances, sortais dîner.
Je passais doucement à autre chose.
Je rencontrais même de nouvelles femmes.
Et n'allais à l'hôpital que de temps en temps...
Abandonnant Agathe...
Elle leur en faisait voir de toutes les couleurs.
Elle ne supportait plus que rarement la présence d'autrui.
La mienne y compris... Et en général après chaque visite, elle plongeait dans des crises de démence terribles qui forçaient tout le personnel de l'hôpital à la vigilance.
Parfois, je ne la revoyais pas avant un ou un mois et demi.

Et malgré ça, je continuais subtilement à ne pas comprendre... Cherchant à me persuader que ce n'était pas si important, que ce n'était pas si terrible

Je m'allongeais près d'elle et caressais sa joue. Son regard hagard, assommé par les traitements ne me disait plus rien. « C'est bientôt finis mon Agathe », et je l'embrassais sur le front.
Du fond de son trépas, elle me sourit et me dit : « Mais Luc, je n'en finis pas d'en finir... »

— Pourquoi ne m'as-tu jamais parlé d'elle ?

Agathe devint ce dont on ne parle pas, même à soi-même. Un nom que l'on ne nomme plus. Un nom dont on ne connait plus l'origine, le sens, la prononciation même. Un nom qui peut encore apparaitre et qu'on ne voit pourtant pas.

Toutes ces années, Agathe signifia *silence*.

Silence face à quelque chose que l'on n'a pas compris.

Ou qu'au contraire, tu as très bien compris…

— Parce que j'ai franchi la limite...

J'effleurais sa peau. Il y avait dans son regard une angoisse indicible. Une angoisse qui arrêta tous mes gestes. Et son sourire… sourire désolé mais qui me remerciait de ne pas continuer.

Agathe était intouchable…

Je ne sais pas ce qu'elle attendait de moi. Si elle attendait quelque chose d'ailleurs. Sans doute n'attendait-elle rien… Je crois qu'elle ne voulait pas exister. Que son existence était un poids terrible qu'elle ne supportait pas, qu'elle n'avait peut-être jamais supporté…

La vérité c'est que tu n'as jamais su qui était Agathe ou ce qu'elle voulait… Jamais. Jusqu'à aujourd'hui…

Je l'attirais près du rivage. Me perchais sur le bord, en équilibre instable. Une petite barque flottait là. « Bien sûr il n'y a pas de rames », pestais-je.

Elle rit. « Laisse-toi aller ! Détache-la et voyons où elle nous mène ! »

Exaspération et frustration. Envie de rentrer. De dormir. Mais j'obtempérais. Conscient qu'il ne s'agissait là que de mon sale caractère. Pas d'arguments valables.

J'écoutais les eaux calmes du Canal. Les rats, les hérissons et autres créatures qui s'agitaient sur la rive. Parfois un bruit d'eau m'alertait de la présence d'un ragondin.

J'observais les arbres chargés d'oiseaux endormis. Ou d'oiseaux éveillés. Ces grands oiseaux nocturnes, étranges que sont les chouettes. Leurs grands yeux qui scrutent et qui voient. L'envie de se couvrir devant un tel regard.

Comme celui d'Agathe.

La barque dérivait lentement.

Mais le sentiment de mouvement était bien là.

Nous ne bougions presque pas. Pourtant, la nature à nos côtés se transformait.

Agathe…

A moitié hors de la barque. Le nez presque dans l'eau. Le visage flottant au-dessus de la surface. Elle souriait tendrement.

Songeuse... Une main sous la surface ondulante.

Je m'allongeai près d'elle. Le nez dans sa nuque.

Mon acte sembla la troubler. Mais elle ne dit rien. Les heures passèrent. J'eus froid. Je me blottis d'avantage contre elle. Et la senti frissonner à son tour.

« J'ai une idée pour avoir moins froid », me dit-elle. « Débarrasse-toi de tes vêtements ».

Je me redressai dans la barque et la regardai. « Quoi ? ». Elle rit. « Monsieur se fait des idées ! Je n'ai pas dit « mets-toi nu » ! ».

« Dois-je comprendre que je dois garder mes sous-vêtements »?

« Evidemment » !

« Et si »...

Elle posa un doigt sur ma bouche. Et planta un regard sévère dans mes yeux. Puis, elle se déshabilla. Etendit ses vêtements et sa veste sur nous. Se serra contre mon corps.

Si j'eus un frisson en cet instant, ce ne fut pas de froid...

La pièce s'était transformée en feu de joie mais elle ne prit pas peur. Elle resta là, debout, au milieu des flammes, à me fixer.

Le feu dansait dans ses yeux.

J'avais chaud, je transpirais, presque brûlé par la chaleur ambiante, fébrile. Fébrile devant ce regard sombre tout à coup devenu flamboyant.

Je me précipitai vers elle, l'attrapai et l'embrassai.

Ses seins dans mes mains. Ses reins sous mes doigts. Le gout de sa peau. Et ce parfum... Le sien.

— Et puis, parce qu'elle a disparu.

« Monsieur ? »
« Oui ? »
« Je suis au regret de vous annoncer la fugue de Madame et sa disparition depuis trois jours maintenant. Les autorités ne parviennent pas à la retrouver, nous demeurons sans nouvelles d'elle. Savez-vous quelque chose que nous ignorerions ? »
Impossibilité de réponse. De respiration. Les battements même de mon cœur s'étaient arrêtés.

Seul, debout au milieu de ce qui fut sa chambre dans cette immense bâtisse vide, je demeurais immobile. Incapable, définitivement incapable de me rendre compte...

Je prenais la mesure du vide à chaque entrée dans une nouvelle pièce. Aucune trace. Personne. Le gosse lui-même était parti... Il avait filé. Depuis combien de temps ? Combien de temps s'était-il écoulé depuis l'internement d'Agathe et sa fuite ?
Combien de temps depuis nos retrouvailles dans le parc ? Un an ? Peut-être moins... ?

Tombée de la nuit. Seule une fine lumière rousse passait à travers un volet mal fermé...

Un objet. Je ne sus pas ce que c'était. Je le pris.

Une femme marchait au-devant de moi. Sa vision me remplit d'extase et je m'élançais vers elle. A sa hauteur, je l'attrapais par le bras. Par l'impulsion de mon geste, elle fit volte-face, lançant à ma figure ses longs cheveux comme des griffes. La douleur me submergea mais moins que l'effroi devant l'absence de son visage.

L'objet roula à terre…

Ainsi l'oiseau Agathe s'était envolé…

Et moi, je devais revenir à la réalité.

« N'avez-vous aucune idée de la façon dont elle est… ».

« Sortie ? Non. C'est une femme intelligente… »

« Quel est son mal, docteur ? De quoi souffre-t-elle ? »

« Du pire… »

« N'y avait-il rien chez elle qui vous échappait ? »

Son rire. « Des choses m'échappent chez tous mes patients… Mais je sais une chose : faites attention ».

Je le regardais, surpris.

« Vous la reverrez ».

Chaque jour, je guettais son apparition.

Je m'attendais à tomber sur elle à chaque coin de rue, à la voir faire irruption dans cette vie quotidienne et déjà superficielle que j'avais façonné pour elle.

Pas pour elle, pour toi…

Je l'attendais.

Chaque jour…
Pourtant, elle ne vint pas.
Le temps passa…
Je finis par quitter la région.
Et par oublier jusqu'à son nom…
Tu as cru que tu avais oublié…
Une femme marchait sur un chemin, au-devant de moi…
Une femme sans visage.

— Tu n'as plus jamais entendu parler d'elle, alors ?
— Exact. Jusqu'à toute à l'heure. Cet homme…
Sonnerie du téléphone. Voix étrangère au bout du fils et qui pourtant s'imposa à moi. Cette voix, je l'écoutai. Je l'écoutai jusqu'au bout et lorsqu'elle eut finit, je ne dis qu'un mot : « oui ».

Il vint à moi comme on vient vers une connaissance de longue date et se présenta.
Je ne l'avais pourtant jamais rencontré.

« Il y a des années, j'ai été bouleversé par une femme. Je ne sais ce qui m'attira chez elle… Mais je ne pouvais m'empêcher de la regarder, de la trouver belle ».

« C'était ce premier amour et à vrai dire, le seul, l'unique ».

« Comment pouvait-elle comprendre ? Elle a vécu avec cette phrase gravée dans son esprit, certaine que rien en elle ne pourrait jamais susciter l'amour ».

Cette phrase…

« Quel est le rapport avec moi ? »

« Vous, monsieur ? »

Son rire froid.

« Je suis le dernier porte-parole d'une histoire qui ne m'a jamais vraiment concerné ».

« J'en déduis que cela me concerne… Mais en quoi ? Quel est le rapport avec moi ? »

« Encore faut-il se sentir concerné par ce qui nous concerne. Cela pose une petite nuance qui fait toute la différence, n'est-ce pas… ? Quel est le lien entre vous, moi et cette histoire ? Je vais vous dire : vous, Monsieur ? Vous en êtes le déclencheur ».

…

« Il y a des années, j'ai été bouleversé par une femme dont je suis tombé sous le charme. Elle passait ses jours et ses nuits sur un banc du parc. Je ne sais ce qui m'attira chez elle… Mais je ne pouvais m'empêcher de la regarder, de la trouver belle alors que je voyais sur ses traits une souffrance qu'elle ne semblait pas éprouver. Une souffrance qui l'illuminait et me la rendait magnifique.

Une femme, immobile, le regard vague. Le regard qui ne dit plus rien et qui pourtant dit tout. Le regard dont on ne sait plus s'il voit ou s'il est aveugle. Il n'était pas aveugle ce regard, il voyait. Alors, on l'a vue se lever, se mouvoir à travers les décors tel un fantôme. On l'a vue s'asseoir contre le portail et rester là. On a vu l'homme la laisser entrer dans sa vie.

On l'a vu reprendre son souffle auprès de lui, un instant avant qu'à nouveau toutes ses lumières ne s'éteignent. On a vu le regard de l'homme pour elle, la recherche incessante de son attention et son émerveillement lorsqu'il la trouvait, la joie qu'il découvrait auprès de son esprit, de son humour et de la chaleur de son être. Puis on a vu sa tristesse lorsqu'il rentrait chez lui et qu'elle ne le voyait plus, qu'elle ne bougeait plus.

On l'a vue rester des heures sur la lucarne à regarder dehors sans se rendre compte des entrées et sorties de l'homme, sans se rendre compte de sa voix, de ses paroles. On l'a vue ne plus entendre, ne plus voir, ne plus rien sentir.

On l'a vu, lui, devenir fou, fou de ne pas savoir quoi faire, fou d'être impuissant, fou de l'aimer et fou qu'elle ne l'aimât pas…

« Elle souffrait de ce mal et moi, de l'impossibilité qu'elle rencontrait à me rendre l'amour que je lui portais. J'en devenais fou… Et je crois que du fond de son trépas, elle s'en rendit compte. Il y eut un dernier jour de lucidité : « Tu vas être malade… Tu l'es peut être déjà mais je peux encore te sauver. Je vais te sauver, ne t'inquiète pas. Je vais nous sauver ». Je ne comprenais pas son discours et lui affirmais que j'allais bien, elle ne m'écouta pas. « Tu ne comprends pas ! Tu me rends malade et moi je me tue ! Je te rends malade et toi tu me tues ! Je n'en peux plus ! C'est une histoire de fou ! Je veux que ça s'arrête ! »

Un écho résonna en moi. Quelque chose de lointain. Mais quoi ?
…

« Ce qu'elle avait, sa façon de penser, de mener sa vie est très compliqué à définir. Compliqué parce que son existence même était prise dans deux mouvements opposés, qui se rencontraient en un point unique, centre de tous les conflits ».

« Il s'était passé quelque chose… Quelque chose qui l'avait détruite.
Quelque chose qui n'avait cessé de la poursuivre…
Et contre laquelle elle s'était battue ».

« Elle ne pouvait pas m'aimer. Elle ne pouvait plus aimer personne.
Parce qu'aimer signifiait perdre, signifiait mort, signifiait souffrance.
Et elle souffrait. Elle souffrait d'avoir aimé, d'avoir perdu.
Elle souffrait également de ne plus aimer…
Elle souffrait de tout. D'un simple mot tendre, d'un geste affectueux.

Elle crevait de souffrance et mourrait de crever.
Elle n'en pouvait plus... »

« Et malgré tous mes efforts pour lui démontrer que l'on pouvait encore l'aimer.
Que je l'aimais... »

« L'aimer éveillait en elle un réflexe : celui du retrait, du dérobement.
Parce que mon cœur la voyait, elle se rendait invisible.
Parce qu'elle était l'objet de mes sentiments, elle... »

Une agitation grandissante quelque part en moi.
Inexplicable...
Et mon silence. Silence horrifié...
Mon étonnement et mes interrogations face à l'horreur que m'inspirait son récit.
Sûr de ne pas comprendre pourquoi il me le contait... Pourquoi me le contait-il à *moi* ?
Et surtout pourquoi mes membres tremblaient-ils ? Pourquoi me sentais-je fébrile et nauséeux ?
Tu ne voulais pas comprendre ce que ton corps lui, avait déjà compris...

« Elle me protégeait. A sa façon et selon sa logique, mais elle me protégeait.
Dans son monde, aimer et être aimé n'existaient pas sans certaines conséquences.
C'était sa malédiction... »
Une femme sans visage...

« Une malédiction qui avait été lancé très tôt dans sa vie.

Lancée par une personne.

Une personne qui aujourd'hui encore ne m'inspire aucune sympathie.

La personne qui m'a enlevé avant que je ne puisse la conquérir la femme de mes passions…

La personne responsable de cette tragédie ».

« Où étiez-vous il y a trente ans ? »

« Il y a trente ans… J'étais… De retour dans mon village natal ».

« Ce n'est plus un village… »

« Vous connaissez ?! »

Son rire glacé. Et la contraction du tout de mon être sans que je ne sus pourquoi. Et cette insidieuse angoisse, l'ultime devant la lumière aveuglante de la vérité qui s'annonçait.

« Auriez-vous pu oublier jusqu'à son regard ? »

Les yeux noirs…

Tressaillement. « Je… Je ne comprends pas ce que vous me voulez ». Ne plus pouvoir tenir la station immobile, avoir besoin de mouvements, avoir besoin d'air, de respirer, de marcher, avoir besoin de partir, de quitter cet homme, de se quitter soi-même. Et la voix toujours imposante de celui que je voulais fuir, de celui qui m'obligeait à voir « Je suis là pour elle ».

Retour de l'immobilité dans la lumière. Regard qui ne fuit plus mais qui se fixa en lui, certain : « Où est-elle ? ». Regard partit à sa recherche, qui balaya les lieux, espérant *la* trouver.

Son sourire...

« Rasseyez-vous ! »

La voix donna un ordre auquel on ne résista pas.

« Quelque temps après sa fugue de l'hôpital, je l'ai recueillie, un temps, comme je vous l'ai raconté dans mon histoire... ».

Quelque part en moi, quelque chose s'écroula, le vide se créa et s'amplifia.

Son histoire...

« Un temps très court... »

Nouveau silence. Et la tension de tous mes membres...

« La mort pour remédier à cette autre mort qu'elle ne supportait plus.

Elle s'est pendue... »

Impossibilité. Impossibilité d'intégration de la nouvelle.

Le monde s'écroulait. L'univers tout entier et je ne m'en rendais pas bien compte.

État de choc...

Ne pas comprendre. Ne pas comprendre sous peine de mourir soi-même.

Et pourtant, n'entendre que cette phrase.

Cette terrible phrase...

« Elle s'est pendue... »

N'avoir que l'image d'elle... Et ne pas vouloir voir ça. Ne pas vouloir entendre.

Refuser.

« Pourquoi ? Pourquoi venir maintenant ? Pourquoi venir trente ans après ?! »

« Elle voulait que ce soit le bon moment... Elle savait que vous l'oublieriez. Je ne la croyais pas. Comment peut-on l'oublier ? Mais c'est vrai. Vous ne lui portiez aucun intérêt ».

« C'est faux ! »

Son rire sans humour.

« Qui êtes-vous, d'abord ? »

« C'est une fausse question. La bonne est : qui êtes-vous, vous ? »

Mon agacement.

Et son sourire. « Je suis curieux. Que vous a-t-elle raconté ? »

« À quel sujet ? »

« Le vôtre ».

« Je ne comprends pas... »

Son impatience et sa colère. « C'est vous ! Vous qui l'avez précipité dans la folie... ! »

Mon corps se vida de son sang, mon visage blêmit, s'écroula. « Mais non ! Non... Agathe était malade. La cause n'est pas très claire, la mort de ses parents, celle de son fiancé. Moi, je n'ai rien à voir là-dedans ! »

Et toujours son rire. Comment pouvait-il rire d'ailleurs ? « Son fiancé ? Vous parlez de Pierre ? Elle l'a aimé, oui... Mais cela n'a pas été simple ni pour elle, ni pour lui. Il a fallu qu'il s'accroche... Quant à elle, c'est à ce moment-là qu'elle est entrée en conflit avec elle-même. Et nous savons quelle partie d'elle a gagné. À vrai dire, tout était déjà joué d'avance... Pourquoi l'avoir choisi *lui* plutôt qu'un autre ? A-t-elle vraiment réussi à l'aimer ? Une chose est sûre, elle a cru l'aimer suffisamment pour imaginer faire sa vie avec lui »…

L'écho de la voix d'Agathe résonna en moi.
"Aimer c'est compliqué. Il y a même une sorte de culpabilité : s'autoriser à aimer quelqu'un d'autre. Pourtant, un beau jour, on y parvient. Mais bien sûr, aimer et être aimée ce n'est pas normal. Et lorsque le miracle se produit, la vie s'arrange pour tout détruire. Peut-être même que le miracle ne s'était pas réellement produit. Sûrement d'ailleurs…"

« Agathe était déjà malade mais les premiers signes visibles de la maladie sont apparus suite au décès de Pierre. Celle de ses parents n'a rien arrangé, au contraire… Cela n'a fait que la conforter dans son délire. N'avez-vous jamais su de quoi souffrait Agathe ? »
N'as-tu jamais su de quoi souffrait Agathe ?
L'évidence de la réponse : « non… Comment aurais-je pu savoir ? »
Le rire de l'étranger en moi…
« Après la mort de Pierre, le conflit qui était en elle a cessé. Elle a capitulé… Du vivant de Pierre, elle s'était mise à entendre l'écho d'une voix. Voix qu'elle ne voulait pas écouter, entendre, croire. Et contre laquelle elle se battait. Elle voulait faire taire cette voix, lui prouver qu'elle avait tort. Mais plus elle luttait, plus la voix devenait puissante et déstabilisante. Son conflit intérieur se projetait à l'extérieur : elle rejetait Pierre et par opposition, le retenait près d'elle…

Et puis le conflit a cessé puisqu'il est décédé. La voix a alors pris la forme d'un jeune homme qui la tourmentait en l'accusant d'être la cause du décès de Pierre : elle n'avait pas voulu écouter et en avait payé les conséquences. Les médecins n'ont jamais réussis à la délivrer de cette vision. Elle s'y est donc habituée et a vécu avec elle, ne parlant plus qu'à elle, ne se rendant plus compte du monde extérieur, rejetant définitivement tout homme qui l'approchait. La crise est passée… Agathe est allée vivre chez ses parents. Puis, il y a eu l'accident… On pourrait croire qu'Agathe souffrait de la perte mais la perte n'est déjà qu'une conséquence involontaire de la profondeur de son délire. Ou du moins les pertes qui suivirent cette première perte de laquelle elle ne se remit jamais. L'origine de son mal, elle la connaissait : c'était ce premier amour et, à vrai dire, le seul, l'unique ». Ses yeux me fixaient gravement. « Elle m'avait prévenu… Mais je n'ai pas pu y croire… ».

« Ecoutez, je ne sais pas exactement de quoi vous voulez m'accuser mais il parait clair que vous désirez m'accuser d'une chose dont je ne peux être responsable… La maladie d'Agathe n… »

« Agathe était malade de vous ! Son dernier mot fut votre prénom ! Son hallucination, encore vous ! »

"Alors je ne te délire plus… ? Ou est-ce pire que cela ? Une réalité en carton ? Théâtre douteux… Quelque chose à l'orée des songes ? Pas encore monde… "

« Elle est morte de votre oubli ! Elle n'a cessé d'en mourir, pas une mais deux fois ! Vous étiez toxique pour elle, vous la rendiez malade ! C'est votre retour qui la tué et vous, vous ne vous êtes aperçu de rien ! »

Les éclairs de ses yeux s'évanouirent. « Elle vous aimait de toutes ses forces, si bien que lorsque vous l'avez abandonnée, tout s'est déchiré en elle. Mais ce n'est pas là le pire ! Elle aurait pu vivre mais non ! Il a fallu que vous lui disiez qu'il était impossible de ressentir quoi que ce soit pour elle. Vous avez gravé ses paroles dans son âme, vous l'avez empoisonnée ! Sans même vous rendre compte que vous jetiez sur elle une malédiction... »

"Je suis maudite, Luc..."

"J'y arrive pas ! J'essaye mais tu comprends pas que j'y arrive pas ! J'arrive pas à t'aimer ! J'y arriverai jamais !"

Elle n'avait eu aucune réaction... Elle s'était simplement retournée, me lançant sa longue chevelure à la figure et était partie.

Je ne l'avais plus jamais revue... Jusqu'à...

Son accablement. « Comment pouvait-elle comprendre ? Elle a vécu avec cette phrase gravée dans son esprit, certaine que rien en elle ne pouvait susciter l'amour : et, voilà que toutes les personnes qu'elle aimait sont mortes. Les « je t'aime » de sa mère sont restés en suspension, elle ne les a jamais entendus. Ils courent encore à travers l'espace et le temps mais n'ont jamais trouvé Agathe... Depuis ce jour, ces mots sont restés interdits, brûlants mais invisibles. La seule chose qui s'est rendue visible c'est cette phrase que vous lui avez dite : « "tu ne veux pas comprendre que je n'arrive pas à t'aimer, que je n'y arriverai jamais !", elle est devenue folle devant l'impuissance de ses sentiments, devant ses sentiments négligés. Son amour n'a pas su susciter le vôtre, n'a pas su retenir, il n'a pas su empêcher la mort, il n'a pas su recevoir ce « je t'aime » qui dès lors est devenu insignifiant... Qui n'a plus rien voulu dire ».

Les bris de sa voix. « Elle m'a demandé de vous apporter ça ».

Des cahiers tombèrent sur la table.

J'en touchais la couverture...

Une femme marchait sur un chemin, au-devant de moi puis s'arrêta. Immobile, figée. Je m'avançais prudemment, sentant l'angoisse agiter mes entrailles. Je levais lentement la main dans un geste hésitant, la posant avec douceur sur son épaule, figeant les battements de mon cœur. Je fermais les yeux. Ses cheveux virevoltèrent vers mon visage et y laissèrent une caresse. J'ouvris les yeux et la découvrais, me souriant gaiement, les yeux pétillants d'une lueur que je ne lui avais plus vue depuis l'adolescence, les traits encore empreints d'enfance...

Son visage a dix-sept-ans...

Une photographie glissa du cahier. Une photo d'elle et moi, bras dessus bras dessous, tout sourire. Nous y étions très jeunes et son visage était celui que je venais d'apercevoir dans le fond de ma conscience. Je retournais l'image et tressaillais devant son écriture :

Je meurs de toi

Je relevais la tête vers lui.
« Voilà, ce que j'attendais... » Et son sombre sourire. « Vous vous rappelez désormais le visage de votre culpabilité ».
Son départ.

La nouvelle que je refusai tant m'étranglait.
Agathe pendante... Equilibriste prise au piège de son fil, continuant cependant son mouvement de balance d'un côté ou de l'autre...
"La mort pour remédier à cette autre mort qu'elle ne supportait plus..."
Après tout et avec le recul, je pouvais affirmer que Gath avait toujours été morte et sa mort réelle ne faisait que confirmer celle qu'elle avait portée toute sa vie...

Epilogue

— Chaque nuit, depuis que je te connais, tu prononces son nom en dormant… « Agathe… Agathe… » C'est elle, n'est-ce pas ? C'est cette fille ?

La vérité éclate. J'ai attendu. J'ai attendu Agathe avec hâte et terreur. J'ai attendu jusqu'à aujourd'hui contre toutes apparences. Contre toutes apparences… Une partie de moi n'a jamais cessé d'attendre, une intime partie. Une partie dont je n'avais aucune conscience…

"Vous la reverrez…"

Aujourd'hui, je la vois.

Aujourd'hui, je me vois…

— Oui. Et c'est moi qui l'ai tué.

Le silence retombe. Inéluctablement, il retombe. Elle ne le chasse plus. Elle n'a plus rien à dire. Pas cette fois.

Elle attend. Elle attend et elle écoute.

Elle écoute mes silences chargés d'une histoire indicible, d'une histoire jusque-là incomprise et qui irradie désormais d'une lumière aveuglante.

Des silences remplis d'un nom et d'un visage…

« Je t'aime »…

J'ouvre les yeux et me redresse dans le lit conjugal.

C'était sa voix, c'était elle.

Et du fond de la nuit, c'est son prénom que j'appelle : « Agathe… ! Agathe ! »

Agathe, je t'aime.

« Les histoires vraisemblables
ne méritent plus d'être racontées. »

Léon Blois.

PETITES HISTOIRES CACHÉES
DANS LA MANCHE

Un recueil de nouvelles
par Patrice POULET

La nuit d'Alice à la Pointe – Roman

Renaissances à Agon-Coutainville – Roman

Sanglantes retrouvailles à Agon-Coutainville – Roman

Casper Curieux – Roman

Petites histoires cachées dans la manche – Nouvelles

Petites histoires cachées dans la manche (la suite) –
Nouvelles

Sacs de viande et armoiries – Roman

Escroqueries de poèmes (et haïkus) – Poèmes

Pied-de-Poussin – Premier bain – Enfants

#coutaincestdivin - Photos

© Patrice Poulet
10 rue du Vieux Coutainville, 50230 Agon-
Coutainville

ISBN : 978-2-9550877-8-7

À Célestin,
que j'aurais aimé côtoyer
plus longtemps que ce ne fût.

Je remercie tous ces personnages qui m'ont inspiré,
au détour d'un regard ou d'une conversation,
même si un bon nombre d'entre eux...
...n'ont jamais existé...

Célestin

« Ce qui fait que les grands-pères s'entendent aussi bien
avec les petits enfants,
c'est que pour ces derniers,
la vie n'est pas encore assez sérieuse
et que pour les aïeuls, elle ne l'est plus autant. »
Tristan Bernard.

Quand j'arrivais à Coutainville pour le weekend, le cérémonial se déroulait toujours de la même façon.
Mes trois meilleurs amis, déjà sur place, venaient me chercher à la gare le vendredi en fin d'après-midi. L'ambiance était animée dans la vieille guimbarde de Benoit où nous échafaudions le programme des deux soirées qui nous réuniraient.

Nous arrivions chacun d'un lieu différent. Lui vivait ici, François à Rennes, Achille à Rouen et moi à Paris. Trois semaines que nous ne nous étions pas vus, alors les anecdotes fusaient. Les filles y occupaient bien évidemment la vedette et les détails croustillaient. Chacun y allait de ses exploits personnels, racontant au passage toutes les frivolités de nos rencontres souvent éphémères. Et souvent imaginaires. Chacun le savait bien. Alors, nous nous régalions d'avance de ce qui se passerait ces trois jours. Les copines n'avaient qu'à bien se tenir !

Arrivés dans le haut du village, ils me laissaient devant la maison familiale, agitant des mouchoirs en papier comme pour me souhaiter bon courage.

Ils faisaient mine de pleurer, compatissant de m'abandonner à cette terrible épreuve de revoir mes parents. Pour mieux éclater de rire quelques instants après. Nous devions nous retrouver dans deux heures au plus tard au bar des Paillottes pour démarrer la soirée. Il n'y avait donc pas de temps à perdre.

Je franchissais le portail blanc, caressais au passage trois ou quatre chats, puis poussais la porte d'entrée largement entrouverte en signe d'accueil. Un cri strident annonçait mon arrivée à toute la maisonnée. Ma mère, folle de joie, se précipitait sur moi comme sur un fils prodigue parti depuis des années. Je l'embrassais tendrement, puis mon père qui réclamait sa part. La conversation démarrait. Le protocole était toujours le même. Je devais les rassurer en priorité sur les deux points qui comptaient vraiment pour eux.

Le premier concernait mes études. Je leur confirmais que tout se passait bien, que j'étais dans le peloton de tête et que j'étais parfaitement heureux dans la capitale. J'avais une vie studieuse, austère, presque monacale en dehors de mes cours. Je ne sortais que pour aller réviser chez mes compagnons d'infortune.

Ma mère y croyait, ou du moins se rassurait-elle ainsi. Mon père, d'un discret clin d'œil et d'un léger sourire qu'il s'efforçait de dissimuler, me faisait comprendre que, lui aussi, avait bien eu vingt ans…

Le deuxième se rapportait à eux-mêmes.
Avaient-ils vieilli ?
Avaient-ils grossi ?
Avaient-ils blanchi ?

Je les réconfortais. Ils n'avaient pas changé et je leur confirmais ma chance de posséder des parents autant en forme et aussi séduisants. C'est vrai qu'ils l'étaient, même si je les regardais avec les yeux de l'amour et que son prisme en déformait parfois quelques détails.

Les rides se faisaient plus nombreuses. L'âge et la fatigue commençaient à ralentir leurs gestes et leurs activités et mon père n'avait plus sa silhouette de sportif. Qu'importe, c'était eux et je les prenais comme ils étaient et me jurais de les prendre toujours comme ils seraient.

On discutait quelques instants autour d'un apéritif, les retrouvailles étaient chaleureuses. À chaque fois, je devais goûter les dernières inventions culinaires de ma mère, même s'il était prévu que j'aille manger un bout avec mes amis. Je regardais ma montre, surveillant l'heure qui filait vite. Nous nous promettions d'approfondir tous les détails lors du déjeuner dominical.

Car il me restait une étape, tellement importante pour moi et Célestin.

Célestin, c'était mon grand-père, mon idole. Cent ans qu'il rendait les gens heureux autour de lui. Vingt ans qu'il rendait la mienne plus belle dès que je pouvais passer quelques moments avec lui. Ils étaient de plus en plus rares. Il se fatiguait vite, entendait et voyait beaucoup moins bien. Suffisamment toutefois pour continuer d'écrire toutes ces histoires qui me ravissaient tant et qu'il consignait seul, tremblant sous une tignasse effilochée qu'il refusait de couper.

Lorsque j'arrivais, un deuxième apéritif m'attendait. Il le faisait préparer par sa femme de ménage. Il me servait un kir au vin blanc et à la mûre, invariablement le même depuis que je le connaissais. Même tout petit, j'avais toujours eu droit à quelques gouttes qui avaient fait de moi un homme, m'avait-il expliqué en gardant difficilement son sérieux.

La bouteille trônait sur un plateau en cuivre martelé éclatant de jaune et de rouge, car astiqué dans les moindres recoins. Gravée dans l'épaisseur, une scène, estompée par les nombreux nettoyages, représentait le groupe folklorique dont il s'était occupé pendant des années. Ceci restait une de ses grandes fiertés. Autant que l'hôpital de la Croix-Rouge qu'il avait mis en place pendant la Deuxième Guerre mondiale.

Deux coupelles étaient remplies à ras bord des seules fantaisies qu'il s'accordait encore en toute discrétion. Un énorme paquet de pistaches que je m'échinais à lui décortiquer une par une et un énorme cornet de popcorn qu'il prenait à pleines mains et avalait à s'en étouffer. Il s'en amusait et je m'en amusais avec lui.

Devant sa curiosité, je me confessais de ma turbulente vie parisienne et je lui précisais quelques détails anatomiques bien choisis de mes récentes conquêtes. Il s'en délectait avec un immense sourire, fait de connivence et de jalousie bienveillante. J'y voyais là aussi quelques regrets et de l'amertume, lui qui, sur ce sujet, avait été un grand découvreur de talents. Je me répétais souvent, mais sa mémoire incertaine s'en contentait largement.

Arrivait ensuite le moment le plus important de notre profonde complicité.

Il se levait, instable sur des jambes qui commençaient à le trahir, s'appuyait sur le rebord de la table, et, dans un superbe effort, réussissait à se tenir presque droit, délaissant sa canne pour un moment.

Je devais alors aller chercher dans la manche de son pull épais et évasé pour la circonstance, le dernier feuillet des nouvelles qu'il m'avait écrites depuis ma précédente visite.

Ce jeu avait commencé depuis ma plus tendre enfance. Avec le même rituel pendant toutes ces années.

À chaque tête-à-tête, il me cachait quelque chose dans son vêtement. Je devais aller fouiner pour le trouver, prenant tout mon temps pour prolonger son plaisir. J'avais ainsi pu récupérer des soldats de plomb de sa collection qu'il me léguait au compte-goutte, des voitures miniatures que j'alignais soigneusement sur les étagères de ma chambre, des bonbons dont nous nous régalions ensemble et d'autres présents dont je n'ai plus le souvenir précis.

Tous ces derniers temps, il me transmettait ses écrits.

J'étais toujours embarrassé par l'importance de ce cadeau. Je faisais semblant d'être surpris, prenais délicatement les pages manuscrites, l'embrassais comme du bon pain, l'aidais à se rassoir sur le fauteuil cannelé dont je m'accaparais l'accoudoir et nous partagions ses créations, unis dans un incroyable et irremplaçable moment d'amour.

Je lui faisais la lecture, alors qu'il connaissait son texte par cœur. De sa voix chaude et ravagée par le tabac, il manifestait bruyamment sa satisfaction de la tournure des phrases ou du déroulé de l'histoire et son mécontentement d'une fin trop abrupte ou d'un vocabulaire trop abscons.

Il recherchait mon assentiment…

Admiratif, je me gardais de le lui donner ; je buvais ses nouvelles.

J'ai décidé de vous les livrer telles quelles…

Noa

« Ah ! l'amour l'amour l'amour
Quand ça vous prend
Faudrait partir en courant. »
Pierre Perret.

Noa s'approcha d'elle avec lenteur et précision comme si tout cela avait été soigneusement préparé et répété.

Il se trouvait à moins de vingt centimètres d'elle. Elle pouvait capter son souffle haché par l'émotion et la tension de cette situation à laquelle il n'était pas habitué.

Elle eut un léger mouvement de recul. Puis, rassurée, peut-être aussi avec envie, elle le laissa parcourir son visage avec les doigts.

Tout d'abord il ne dit rien, se contentant de suivre le contour de la tête.

Puis il dégagea le front de la mèche rebelle qui l'obscurcissait et descendit, dans un impeccable parallélisme, jusqu'aux oreilles dont il souligna la forme parfaite. Du creux au-dessous il alla jusqu'au menton où ses deux mains se rejoignirent. Il ne parlait toujours pas, déglutissant difficilement, contenant à peine son impatience.

Tous ces gestes représentaient un réel effort. Son désarroi était extrême et il gérait mal cette situation inhabituelle. Il y avait si longtemps qu'il attendait ce moment...

Il la fixa droit dans les yeux pour mieux canaliser ce débordement qui allait tout emporter. Le battement accéléré de ses cils cachait à peine la pureté de son iris, bleu comme un ciel d'été. On pouvait voir à travers lui et facilement deviner ce qu'il ressentait. Il semblait si innocent.

Le visage de la jeune femme restait fermé, le regard dur, pas encore suffisamment adouci pour qu'il y voie une quelconque acceptation. Il hésitait à continuer. Que pouvait-elle penser de cette intrusion dans son intimité ?

Les mains de Noa caressèrent ses yeux. Elle ne les maquillait jamais, leur laissant leur pureté originelle. Cela lui plaisait bien. Ce bleu plus foncé que le sien, comme les hauts-fonds des criques de Chausey où il allait pêcher avec ses amis.

Il parcourut ensuite la délicate boucle des narines et s'arrêta quelques instants, juste au-dessus des lèvres, qu'il n'osa pas toucher.

- Tu es belle, lui déclara-t-il, la bouche tremblante, le ton hésitant.

- Très belle.

Il laissa retomber ses bras, abandonnant ses gestes, incapable de poursuivre, d'exprimer ce qu'il aurait aimé lui crier. Ce coup de foudre dévastateur qui l'empêchait de dormir, de se nourrir, qui le coupait du monde, en ruminant sa frustration.

Une passion comme celle-là valait-elle autant de sacrifices ?

Il était juste bon à consigner sa déception dans son journal.

Une bien maigre consolation.

Était-ce la froideur d'Ondine — comme elle lui avait affirmé s'appeler — dans ce cérémonial qui l'avait dissuadé de s'aventurer plus loin ?

Pourtant elle devait s'en douter de ce qu'il allait se produire, se disait-il, essayant de s'en persuader.

Il s'en alla, dépité, d'un pas lourd de bagnard qui traine son désespoir comme un boulet. La honte de ne pas avoir été jusqu'au bout de son envie lui monta au front. Il s'en voulait. Désarçonné par son propre comportement. Il s'était cru plus fort. Ce moment, il l'avait tant attendu, tant espéré. Il l'avait tant raté.

Quant à elle, déstabilisée, elle ne savait pas quoi penser ni comment réagir dans cette immédiateté. Troublée par cette attitude qu'elle n'avait pas anticipée, elle le considérait toujours comme vrai, sincère, impliqué. Et ceci la gênait encore plus.

Elle resta interdite un long moment. Puis, se ressaisissant, elle se décida à le rejoindre. Il avait disparu. Il n'était plus sur le promenoir, happé par l'abrupt escalier de pierre qui menait à la plage.

Elle se posta sur un des gros rochers disposés là pour casser les efforts des fortes marées qui essayaient d'emporter, comme par vengeance, les bâtisses du front de mer. Elle parcourut l'estran de son regard aiguisé par l'habitude. Elle ne vit rien. Inquiète, elle saisit la rambarde rouillée et mangée par les embruns et arriva sur le sable humide. Ce contact avec ses pieds nus la soulagea et elle retrouva des sensations qu'elle connaissait si bien. Elle l'aperçut enfin.

Il était niché dans un creux aménagé entre deux énormes blocs. La tête dissimulée par la capuche de son sweat-shirt, elle le reconnut à sa position. Il se mettait souvent ainsi, les jambes croisées en tailleur, les mains à plat la paume vers le ciel, hochant légèrement la tête comme si elle était posée sur un ressort. Elle cria son nom. Plus fort que le bruit du ressac qui commençait à envahir son domaine. Il ne l'entendit pas immédiatement, tout entier à sa méditation.

Elle n'était plus qu'à quelques centimètres de lui. Il sortit alors de sa léthargie et tourna vers elle un visage rempli de larmes. Elle s'assit, toute proche, ne prononça aucun mot et lui prit les deux mains qu'elle enfouit dans les siennes. Elles étaient âpres et rugueuses, mais chaudes et réconfortantes. Ils passèrent ainsi un long moment, bercés par les allers-retours des vagues qui leur léchaient les pieds.

Le soleil n'existait plus, noyé dans cette immensité magnifique qui le baignait tous les soirs jusqu'à l'engloutir.

Les ténèbres naissantes, bienveillantes à cette heure, enveloppaient déjà les rares promeneurs transis, amoureux en goguette qui ne faisaient plus qu'un pour se réchauffer ou coureurs forcenés qui justifiaient leurs efforts solitaires par un excès de stress ou un régime amincissant.

Un couple de touristes hollandais, ayant abandonné à contrecœur l'intérieur douillet du camping-car, se prenait en photo devant la cale qui grouillait de l'effervescence d'une marée qui avait atteint son plus haut.

Le froid gagnait les deux amoureux. Une bonne manière de le combattre fut évidemment de s'enlacer.

Enfin.

Avec timidité.

Avec tendresse.

Avec passion.

Avec violence.

Tellement qu'ils se déshabillèrent frénétiquement malgré la température et le vent qui giflait les peaux luisantes de désir. À l'abri des rochers qui les isolaient de toute indiscrétion, ils commencèrent à s'abandonner. Il n'en revenait pas. Il avait vaincu ses démons. Il avait osé. Il la tenait dans ses bras, serrée contre lui. Il n'avait plus d'appréhension et allait s'abreuver jusqu'à plus soif de ce bonheur tant espéré.

Depuis tous ces jours qu'il la croisait et qu'il l'aimait…

Bien sûr, elle était bizarre.

Absente souvent, discrète, toujours.

Renfermée souvent, silencieuse, toujours.

Souriante parfois, riante jamais.

Enjouée parfois, badine jamais.

Elle disparaissait de temps en temps. Puis elle réapparaissait, comme par un hasard provoqué. Pour l'agacer, et ainsi mieux le séduire ?

Alors, ce soir qu'il la tenait, il ne la lâcherait plus. Plus jamais.

Elle l'embrassa. Maladroitement. Il resta surpris par ce manque d'expérience. Il n'était pas non plus un spécialiste, mais quand même, il savait au moins qu'il fallait écarter les lèvres.

Elle lui caressa le torse. Ses ongles, durs et longs, le griffèrent. Il fut étonné par cette absence de délicatesse qu'il mit sur le compte de l'émotion.

Il commençait à glisser une main cajoleuse vers sa poitrine qu'il sentait dressée lorsqu'elle se leva brusquement.

La mer était au plus haut.

Enfin calmée, elle tapait les rocs sournoisement comme une baguette en coton assourdissant son bruit sur un tambour obéissant. Le sommet des vaguelettes, blanches d'écume, striait l'obscurité.

Les pieds dans l'eau, elle continua à se déshabiller. Lentement, pour mieux le faire languir. Ou par timidité ? Il aimait bien les deux hypothèses.

Sa silhouette irréprochable se découpa à contrejour. Elle était de profil. Il admira son cou parfait, ses longues nattes dégoulinant jusqu'aux reins, ses seins merveilleusement dessinés, son ventre plat. Musclé, semblait-il.

Elle s'arrêta un moment, comme pour ménager un suspens. Il n'y tenait plus et devenait impatient. De la suite. D'elle. De tout ce qui lui était promis.

Elle défit sa longue jupe sombre et la jeta au loin, au large.

Dans ce qui restait de la luminosité blafarde de l'éclairage public et de celle de la lune anémique, il eut comme un doute. Portait-elle en dessous un autre vêtement ? Aurait-il encore à attendre ? À patienter ? Jusqu'où allait-elle l'emmener ? Elle ondula légèrement, comme une danseuse délicate et maniérée.

Son bas explosa soudain, incandescent, projetant des lumières et des teintes qu'il n'avait jamais vues auparavant, jamais imaginées.

C'était magnifique, il lui arrivait une pluie d'étoiles en pleine figure, le laissant prostré devant tant de beauté fulgurante.

Il lui semblait qu'il faisait jour de nouveau, mais sur une autre planète.

Il tendit les bras pour toucher son habit de lumière et rencontra sa peau, humide et visqueuse comme celle des bars qu'il allait pêcher vers le phare.

Il resta collé à elle, dans l'impossibilité de s'en détacher. Elle lui sourit, d'une mimique étrange qui n'avait rien de très humain ni de très amical.

Ses mains semblaient flotter et commençaient à l'envelopper, comme un cocon protecteur.

Elle l'entraina, sans faire aucun effort.

Il se sentait léger et parfaitement bien.

L'eau n'était plus glacée et, au fur et à mesure qu'ils avançaient dans la mer, elle l'entourait de ses bras luisants qui s'allongeaient, démesurément. Elle voulait d'abord le ménager, puis le préparer progressivement à son voyage éternel.

Juste avant que le niveau de l'eau ne le submerge et ne le noie, il aperçut d'autres visages féminins rayonnants à la surface qui murmuraient en cadence une douce mélopée envoutante. Ils étaient tous magnifiques, luisants quand leurs écailles s'agitaient.

Ondine accompagna la ritournelle d'une voix ensorceleuse qu'il n'avait jamais entendue auparavant. Le garçon, subjugué, se sentit entrainé inexorablement vers le fond, incapable de résister à cette créature mi-femme, mi-poisson, qui l'avait charmé et attrapé dans ses terribles filets.

Il ne s'en rendit compte que bien trop tard. Il était presque déjà noyé.

La disparition du fils du poissonnier suscita de l'émoi et plusieurs questions.

Qui était donc cette inconnue farouche qu'il évoquait dans ses confidences retrouvées dans son ordinateur et que personne n'avait vue ?

Pourquoi, sur toutes les photos soigneusement archivées qui portaient la mention « Mon amour », ne figurait-il que des paysages sans personne ?

On ne retrouva pas Noa.

Ni rien de lui.

Ce solitaire, renfermé, qui ne se confiait à personne, avait étrangement disparu.

Probablement avait-il fugué avec cette polissonne.
Peut-être était-elle, après tout, bien réelle ?

Chantal

« Il y a toujours un peu de folie dans l'amour,
mais il y a toujours un peu de raison dans la folie »
Friedrich Nietzsche.

Chantal se dandinait en ronchonnant.

Elle remontait régulièrement sa jupe qui avait une fâcheuse tendance à glisser presque jusqu'aux pieds, découvrant alors un large jupon jauni par les années. Elle n'aimait pas être serrée dans ses vêtements et s'habillait confortablement. Au risque de s'énerver à devoir réajuster souvent l'ensemble.

Elle tira sur son gros pull défraichi et le glissa à l'intérieur afin que tout tienne enfin en place. Il faudrait bien qu'un jour elle achète une ceinture qui lui éviterait ce genre de désagrément.

Elle renifla bruyamment et se torcha le nez du revers de sa main déjà brillant de morve séchée. Puis elle continua sa route de cette même démarche chaloupée.

— Cochonnerie de rhume, cria-t-elle alentour, suffisamment fort pour effrayer tous les microbes.

— Chantal, tu n'es pas assez couverte, je te l'avais dit... Mais tu ne m'écoutes jamais...

Elle se parlait à elle-même, comme d'habitude, à voix haute.

La maladie, la solitude et l'isolement l'avaient rendue

ainsi. Profondément introvertie, acariâtre et désagréable, ne sachant pas tenir une conversation cohérente. Ses interlocuteurs pouvaient s'en lasser, même s'ils étaient enclins à faire beaucoup d'efforts pour cette « pauvre fille dérangée », comme ils se le murmuraient entre eux.

La bouche tordue, un bout de langue épaisse dépassant de l'encoignure des lèvres, elle pouvait provoquer une certaine appréhension lorsqu'on la croisait le matin, l'air encore hagard, marmonnant sans arrêt son éternelle ritournelle.

— T'es pas belle, Chantal, t'es pas belle...

Comme pour mieux confirmer ce qu'on lui rabâchait à longueur de temps depuis sa plus tendre enfance. Si jamais le mot tendre avait été le plus approprié dans sa situation.

Sa silhouette était massive, disproportionnée en regard des canons habituels et elle exagérait son handicap afin qu'on la plaigne, ou qu'elle puisse se venger de son anormalité en heurtant sciemment avec son derrière les gens qu'elle croisait. Et s'ils lui pardonnaient le plus souvent, elle s'en régalait et, accentuant son rictus, leur crachait en pleine figure un tonitruant :

— Tu peux pas te pousser, toi qu'es si moche !

— Espèce de cc ! ajoutait-elle.

— CC ? Que voulez-vous dire ? se surprenait la victime.

— Espèce de Casse-Couilles, répliquait-elle le plus naturellement du monde.

Elle continuait alors son chemin, riant sous cape, jusqu'à son prochain gibier, qu'elle pétrifierait de son regard qui tranchait tant avec le reste.

Il était si difficile de le soutenir quand elle posait sur vous ses yeux gris bleu, tellement purs, tellement clairs. Ils pouvaient même effrayer. On avait alors peur d'y apercevoir le fond de son cerveau et tout ce qui s'y passait. On y imaginait un sacré bazar.

Chantal n'avait pas choisi son camp en arrivant au monde. Autrement, elle aurait probablement jeté son dévolu dans celui des gens qui se déclarent normaux, de tête et de corps. Juste pour voir si c'était mieux.

— Oh, et puis zut, se raisonnait-elle. Après tout, j'ai presque ce qu'il me faut. Un beau prince charmant et tout ira bien.

Et sa litanie reprenait.

— Mais t'es pas belle, Chantal, t'es pas belle… et ça, c'est un problème…

— Vingt-huit ans que ça tangue. J'ai pourtant fait le plus difficile, non ? Se répétait-elle.

Vingt-huit ans ? Plus exactement, vingt-sept et pas mal de jours, car son anniversaire, c'était demain.

— Mon anniversaire, c'est après-demain, avait-elle déclaré la veille, tonitruante, debout au milieu du réfectoire. Elle était montée sur la grande table, avait tapé des pieds, déclenchant un brouhaha énorme. Les pensionnaires l'avaient accompagnée en cadence, frappant les verres ou les assiettes avec leurs couverts et en tambourinant violemment les assiettes en métal.

Tout le monde avait généreusement applaudi devant tant de joie. Sauf les infirmières et le personnel de sécurité qui avaient dû sévir. Mais gentiment, sans la heurter, il était tellement rare qu'elle soit ainsi, si gaie, si avenante.

Elle répèterait le cérémonial aujourd'hui, pour être bien certaine que personne ne l'oublie.

Peut-être aurait-elle droit à un cadeau de la part de ses collègues d'infortune ?

Peut-être aurait-elle droit à un gâteau avec des bougies ?

Comme dans cet institut où elle résidait l'année dernière. Elle avait été gâtée. Elle s'était vue offrir un téléphone portable, celui dont elle rêvait depuis si longtemps. Un premier téléphone portable dont elle payait désormais le forfait grâce aux petits travaux qu'elle effectuait pour l'établissement. Elle se sentait ainsi responsabilisée.

Elle s'en souvenait de cet anniversaire.

Lors de la fête organisée à son intention, ses amis lui avaient fait une farce. Ils avaient dissimulé le cadeau dans un immense carton, lui-même en contenant un autre plus petit et ainsi de suite. Elle pensait à tort qu'il n'y avait que des boites vides et on l'avait vue s'énerver. Elle allait crier et tout envoyer balader quand la surveillante l'avait calmée et l'avait aidée à ouvrir la dernière.

Elle qui était d'ordinaire si insensible, elle s'était affaissée, les yeux remplis de larmes. De ces larmes sincères et véritables, comme quand elle pleurait devant sa série préférée, dans ces moments où l'émotion pouvait la submerger. Les autres patients s'étaient précipités sur elle.

Certains hurlaient.

Comme à leur habitude lorsque quelque chose d'inattendu se produisait dans leur quotidien normé et pouvait les effrayer.

D'autres la caressaient comme une bête blessée que l'on veut soulager.

Elle avait alors porté son appareil à l'oreille et avait simulé une conversation avec l'infirmière qui avait fait de même.

Le sketch avait fait la tournée du réfectoire et tous les pensionnaires, criant et riant à gorge déployée, s'étaient tenu la main et avaient fait une ronde joyeuse autour de l'impétrante, aussi émue que lors de sa communion solennelle ; quand elle avait traversé tout le village un cierge tendu devant elle, ses immenses yeux clairs tournés vers le ciel et chantant à tue-tête, pour tous ceux qui la moquaient :

— T'es belle, Chantal, aujourd'hui, t'es belle…

Elle pressa le pas. Elle était en retard. Comme tous les jours. Farouchement indépendante, elle ne supportait aucune contrainte. Arriver à l'heure signifiait pour elle devoir se conformer à des règles arbitraires et à des directives qui l'excédaient.

Elle fréquentait cet établissement depuis un peu plus de trois mois. Son esprit rebelle et son indiscipline faisaient l'admiration des autres pensionnaires. Elle s'y sentait bien même si elle était souvent sujette à de sévères réprimandes, qui lui avaient déjà valu trois avertissements.

Ses parents, autant désespérés que dévoués, avaient été convoqués par le directeur. Encore une ou deux incartades sérieuses et ce serait l'exclusion. Chantal en avait profité pour en faire un chantage à la pâte à tartiner. Elle en était privée pour des raisons d'hygiène alimentaire alors qu'elle l'adorait. Comme toujours, elle avait obtenu gain de cause.

Ses parents se sentaient responsables, fautifs des déficiences immunologiques et comportementales de leur fille. Elle usait de ce sentiment de culpabilité pour obtenir satisfaction sur bien des points. En particulier celui des friandises. Elle l'avait bien compris et en abusait.

Son téléphone, soigneusement protégé par une coque où figuraient les héros de sa série télé préférée dans une explosion de couleurs fluo, était collé à son oreille. Il ne la quittait que lorsque ses deux mains devaient s'occuper à une tâche les nécessitant. Même aux toilettes, elle téléphonait à des amis.

Imaginaires pour la plupart.

Elle feignait de joindre un contact inventé pour l'occasion quand un minibus noir, identique à ces taxis utilisés pour les transports de groupes, se porta à son niveau, ralentit et s'arrêta quelques mètres plus loin.

Concentrée sur son clavier, elle ne fit pas attention à la personne qui passait la tête par la fenêtre du troisième rang et qui la hélait.

Comme à son habitude, elle dodelinait du haut du corps et parlait à haute voix.

Elle simula la fin de son appel.

— Oui oui, demain soir, demain soir… Demain soir je serai à l'heure, t'inquiète pas, t'inquiète pas.

— T'es pas belle, Chantal, t'es pas belle…

— T'es pas belle, mais tu téléphones bien !

Satisfaite de sa remarque, elle esquissa un sourire et continua sa route, ignorant le reste.

L'inconnu l'appela de nouveau, en haussant la voix.

— Coucou, tu peux m'aider ?

Elle se tourna, estomaquée par tant de familiarité.

— T'es qui toi pour me tutoyer ? Espèce de cc !

— Excusez-moi, Mademoiselle, nous cherchons notre route.

Chantal regarda son interlocuteur droit dans les yeux, jusqu'à ce qu'il les baisse.

Ce grand gaillard barbu, mesurant plus de deux mètres, la mâchoire carrée et le visage décoré de nombreuses séquelles de solides placages au rugby, se trouva complètement dépourvu de réactions devant tant d'à-propos. C'était bien la première fois qu'on le matait aussi rapidement.

Les occupants du bus éclatèrent d'un immense fou rire, se moquant gentiment de leur ami. Franck, le colosse, ce n'était pas tous les jours qu'on le mettait ainsi en boite.

Chantal se dirigea vers l'arrière du véhicule et regarda s'il possédait un numéro de département sur la plaque minéralogique. Il y était inscrit 75.

— C'est même pas des manchots, tout juste des cc de Parisiens. Ils ne nous laisseront jamais tranquilles ceux-là !

Franck, remis de ses émotions, reprit la parole.

— Nous cherchons à nous rendre à l'Institut de la Pureté. Il n'est indiqué ni sur la carte ni sur le GPS.

— Pas étonnant, il a été détruit par un gigantesque incendie il y a quelques jours.

— ???

— Et c'est moi qui l'ai allumé, j'étais très énervée.

Chantal avait cette mimique qui pouvait effrayer au premier abord. Franck ne la prit pas au sérieux. Il enchaina.

— Comme vous connaissez le chemin, vous pouvez nous conduire pour aller voir les ruines ?

— Et vous pourrez peut-être nous raconter ce qu'il s'est passé ?

— Je vais y réfléchir... ajouta-t-elle, levant les yeux au ciel.

Ces quelques secondes de concentration semblèrent durer des heures. Chantal prenait son temps.

— D'accord, je monte avec vous. Mais c'est moi qui dis...

Elle se glissa à l'intérieur.

Les occupants se tassèrent sur les deux rangées de sièges arrière afin de lui céder la place passager à l'avant. Un bonjour collectif l'accueillit chaleureusement. Presque respectueusement.

Elle ne le leur rendit pas.

— Tu prends tout droit. Ensuite je te dirai, dit-elle en s'adressant au chauffeur, pleine d'autorité.

Dans sa tête s'affrontaient plusieurs sentiments.

De la joie, de la gêne, de l'excitation, de la méfiance aussi. Comme d'habitude. Ce mélange détonant qui était son quotidien et auquel elle devait s'accoutumer. Tant bien que mal.

Les mains serrées entre ses cuisses, elle regardait droit devant elle.

— T'es pas belle Chantal, t'es pas belle.

Son esprit moulinait.

— Et vous lui voulez quoi à Chantal□? hurla-t-elle sans ménagement.

— Chantal□? demanda le conducteur.

— Chantal, c'est moi pardi□! répliqua-t-elle sèchement.

— T'es pas belle Chantal, t'es pas belle.

Sa rengaine malsaine revenait en boucle lorsqu'elle était dans cet état d'esprit, lorsqu'elle n'avait pas ses repères, lorsqu'elle n'était pas dans son périmètre de confort.

Franck écouta la ritournelle. Il interrogea du regard ses collègues. Ils étaient tous d'accord.

— Nous sommes une équipe de tournage vidéo. Nous venons pour réaliser un clip pour un grand opérateur téléphonique.

— Nous devons trouver une personne et un lieu, disons…

— Décalés…

— Vous pourriez peut-être être cette personne, glissa-t-il doucement.

— Tu me tutoies plus, le géant□?

— Tu sais pas ce que tu veux !

— Décidément !

La répartie plut à toute l'équipée. Cet aplomb rallia tout le monde ; l'idée faisait son chemin.

— Moi, j'adore téléphoner, continua Chantal.

— D'ailleurs j'ai un portable qui m'a été offert pour mon anniversaire l'année dernière et je suis débordée. Je n'arrête pas d'avoir des appels.

— Et quand je téléphone, je suis belle.

Chantal avait le nez collé à la grande baie.

La chambre du dernier étage de l'hôtel luxueux dominait le périphérique parisien.

Elle avait exigé d'y être logée plutôt que dans une autre disposant d'une vue plus agréable.

La raison en était simple.

Elle pouvait ainsi, tout à loisir, admirer les immenses affiches qui ceinturaient une grande partie de l'artère encombrée.

Elle s'étalait sur celles-ci, fragile et souriante, vedette de cette énorme campagne publicitaire. Le message accrocheur qui sous-tendait la communication avait fait du bruit. Chantal y apparaissait, le visage au naturel, dans une de ses mimiques préférées. Ses différences étaient devenues une vraie différence que les annonceurs n'avaient pas hésité à exploiter, avec délicatesse et avec beaucoup d'humour.

En lettres roses assorties à la coque de son téléphone s'inscrivait le message qui lui avait valu cette célébrité et sa nouvelle vie :

« Depuis que je suis chez DifférentTél,
Je suis beaucoup plus belle.
Signé : Chantal ».

Elle se retourna, fière d'elle-même.

La porte de la salle de bains de la confortable suite

s'ouvrit sur Franck, totalement nu.

— Ah quand même, voilà mon cc…

— Pas très en forme ! se moqua-t-elle en détaillant le pénis de l'athlète.

Celui-ci se rebella gentiment, et la convia à le rejoindre sur le lit. Elle déclina l'invitation d'un geste lapidaire.

— Dépêche-toi, tu es toujours en retard.

— Moi, je ne peux pas l'être sur ce tournage.

— Un premier rôle dans une série télévisée, ça ne se refuse pas…

La carrière de Chantal fut fulgurante.

Elle enchaina les succès et devint la coqueluche d'un public sensible à ses singularités.

Elle enchaina de même les amants, dans ces soirées mondaines où elle en était l'incontournable attraction.

Son fameux « Chantal, t'es pas belle » était aussi célèbre que les meilleurs slogans à la mode et les royalties tirées des ventes de son livre « Mort aux cc », best-seller incontesté, lui permirent de financer son association « Avec Chantal, t'es + belle ».

Le siège social en fut établi à « La Pureté » où elle passa le plus clair de son temps, délaissant peu à peu les médias et la télévision pour se consacrer à sa fondation, où elle venait en aide aux personnes « différentes ».

Comme elle.

Et comme elle, avec elle, elles étaient « plus belles ».

Elle mit fin à son aventure avec Franck d'une manière brutale, comme à son habitude. Reconnaissante, elle le recommanda à un metteur en scène célèbre qui lui confia un tournage important.

Elle accoucha de son premier enfant, de père inconnu, dans d'atroces douleurs, au milieu du bureau où elle passait ses journées et ses nuits, entourée des pensionnaires de la Pureté.

Elle y laissa la vie.
Ses parents continuèrent son œuvre.

Ignace

« Quand on se noie,
on pense à sa famille qui va se demander d'abord
pourquoi on est en retard pour le thé
et ensuite ce qui va se passer étant donné
qu'on n'a pas fait de testament. »
George Bernard Show.

Pas simple de se défaire de cette gadoue, bougonnait Ignace.

Il progressait péniblement, centimètre après centimètre. À chaque fois qu'il réussissait à dégager une botte, un énorme bruit de succion accompagnait la libération du caoutchouc de son emprise. Il en rigolait presque. Cela lui rappelait, à peine amplifiée, la douce mélodie des bouchons qu'on émancipe quand on ouvre une bonne bouteille. D'ailleurs, dès ce soir, s'il se sortait indemne de cette aventure, il en partagerait une d'une excellente année avec ses amis. Ou peut-être deux.

Pour l'instant il fallait tenter de regagner la terre ferme.

La vase était collante, nauséabonde, d'un gris triste et sans relief. Ce n'était pas le même spectacle que cette magnifique étendue d'eau calme qui recouvrait petit à petit les méandres du havre. Le soleil se reflétait en elle, et des fulgurances argentées et dorées à la surface en étaient les témoins éblouissants.

Le contraste était criant et il voulait gagner la rive rapidement, de peur de s'enfoncer définitivement dans ce magma répugnant.

Il restait quelques mètres jusqu'à la verdure salvatrice.

Il écarta l'entrejambe afin de parcourir le maximum de distance. Sa jambe gauche s'envasa encore un peu plus. Il força sur la droite pour se dégager. La botte bougea légèrement, il insista, tira de toutes ses forces. Le pied s'en échappa, la chaussure resta sur place.

— Merde de merde, j'en ai marre, mais marre, mais marre, martelait-il dans sa tête.

— Je ne vais jamais y arriver seul. La nuit va me tomber dessus comme la misère sur le bas peuple, sans prévenir.

— J'ai horreur de cela, j'angoisse. Je vais rester coincé ici...

Ignace commençait à paniquer. Impossible pour lui de se raisonner. Il aurait bien voulu crier, mais aucun son ne sortait de sa bouche. Il en rajouta.

— La marée sera haute ce soir... (il se souvenait d'en avoir consulté l'annuaire ce matin pour prévenir tout risque).

— Je vais mourir noyé. Je sais à peine nager !

— Tout ça pour cette pêche minable, pénible sous ce soleil de plomb. Je ramène deux minuscules carrelets, une vieille basket et deux hameçons solidement incrustés dans mon bras gauche.

— Tu parles d'un exploit !

Il se défit alors du harnachement qui grevait son avancée. Cette immense poche en tissu épais, qu'il avait confectionnée lui-même et dans laquelle il entassait pêlemêle cannes télescopiques, moulinets et accessoires, le gênait.

Elle pesait son âne mort.

Il la lança le plus loin possible, essayant d'atteindre la rive. Elle tournoya laborieusement en l'air et retomba misérablement à quelques mètres devant lui, se fichant dans le sol meuble. Elle commença à disparaitre.

La colère le gagna, succédant à l'étreinte inexorable du mauvais stress qui lui montait à la gorge.

— En plus, je viens de perdre tout mon matériel. Merde. Plusieurs mois de salaire…

— Comment vais-je expliquer cela à Denise ?

— Je vais encore me faire engueuler…

Ignace transpirait à grosses gouttes, malgré le froid qui remontait avec les eaux. Celles-ci se rapprochaient dangereusement de lui et elles ne tarderaient pas à l'entourer.

Il ôta son légendaire chapeau de pêche qui ne le quittait que lorsqu'il dormait et le contempla avec amour. Les bords étaient élimés, la forme n'en était plus une, la couleur était indéfinissable et le pourtour de la tête était délavé par la transpiration. Il le serra entre ses mains, fort, très fort, comme pour l'essorer de son liquide nauséabond et lui prouver son attachement, à ce fidèle compagnon qui l'accompagnait partout depuis tant d'années.

Il en lissa les bords, lui refit une forme honorable en guise d'hommage à leur amitié. Puis il le lança en le faisant planer, caressant l'espoir qu'il arrive sur la rive et qu'un passant l'aperçoive pour en déduire que son propriétaire était à proximité.

Il réussit son coup et le couvre-chef atterrit sur le petit parking où il avait garé son véhicule.

Sans son chapeau, il s'imaginait ridicule.

Son visage avait subi les assauts répétés du soleil toute la journée et le rouge cramoisi qui ornait sa bouille contrastait fortement avec le blanc de son crâne dégarni habituellement préservé par la toile.

Depuis de longues minutes, il était en équilibre précaire, n'ayant plus qu'une seule botte comme protection.

La deuxième, qui avait repris sa liberté, n'était plus qu'un morceau de caoutchouc informe qui s'écrasait sous la pression. Dans quelques instants, elle aurait complètement disparu dans la vase.

Dans un dernier bruit d'agonie ridicule, semblable à ces couinements que font les enfants en positionnant une main sous une aisselle pour agiter ensuite frénétiquement le bras et en sortir des borborygmes qu'ils trouvent hilarants.

À sa ceinture pendaient son épuisette et sa boite tabouret. Il s'en sépara et les posa à côté de lui. Il s'enfonçait, il le sentait même s'il voulait s'en défendre. Les ruisselets se multipliaient, veinant le havre et se déplaçant lentement comme des serpents sous la montée irrégulière des flots.

C'était le signe que dans quelques instants, l'eau, de son insatiable appétit, dévorerait tout ce qui se présenterait à elle.

Ignace y compris.

Il changea de position, les muscles des cuisses engourdis par l'immobilité. Il avait l'allure d'un héron maladroit, une patte à peu près rectiligne et l'autre repliée. Puis il tenta le tout pour le tout.

Il posa le pied, enveloppé seulement d'une chaussette trempée, un mètre devant lui et tira sur l'autre chaussure. Elle résista et, tout comme la première, refusa de le suivre.

Mal à l'aise, les jambes écartées, enfoncé dans la

gadoue jusqu'aux genoux, un pied à l'intérieur d'une botte déformée par la pression, il avait du mal à imaginer une suite favorable à cette terrible situation.

Une colonie de six crabes — probablement une famille en vadrouille — traversa sans aucune gêne devant lui, avançant de travers. Il les salua, par plaisir et aussi par déférence, comme à son habitude.

Très respectueux de toute sorte de vie animale, et même si la pêche devait en condamner une partie, Il s'attachait à ne jamais exagérer les prises et à ne jamais faire souffrir les poissons lorsqu'il leur retirait les hameçons de la gueule.

Il lui sembla d'ailleurs que les crustacés lui rendaient sa politesse, agitant en tous sens leurs yeux tapissés de facettes.

Cet intermède le soulagea quelques instants.

Quelques minutes plus tard, l'eau recouvrait l'endroit où il était échoué. Et même si elle n'était pas encore trop haute, les quelques centimètres étaient bien suffisants pour complètement paniquer le pêcheur, pris au piège comme un gibier dans une mâchoire d'acier.

Il hurla, comme à la veille d'une agonie qui durerait des heures.

Il évitait de bouger, car à chaque fois qu'il le faisait, il s'enfonçait de quelques centimètres supplémentaires. La gadoue atteignait désormais la ceinture, et l'eau montait, montait. La nuit était tombée et personne ne lui viendrait en aide. L'endroit était isolé et fort sombre.

Il maudit son entêtement d'avoir toujours refusé de s'équiper d'un téléphone portable, arguant qu'il vivait beaucoup mieux sans ce fil à la patte.

Pendant qu'Ignace agonisait, les quatre jeunes gens s'installaient à table, juste à côté de la cheminée. Ils étaient joyeux d'être ensemble et de pouvoir partager de beaux instants de convivialité dans ce restaurant gastronomique.

Farid était ravi que son meilleur ami, Kevin, soit tombé amoureux de sa sœur Soraya. Elle représentait tout pour lui et la savoir en cette compagnie le rassurait. Il pouvait ainsi la surveiller et passer de longs moments avec elle ; les deux garçons étaient inséparables.

Sa petite amie, Marie-Charlotte, avait été au collège avec Kevin. C'est ainsi qu'il l'avait rencontrée, son complice ayant joué l'intermédiaire avisé.

Cette soirée était exceptionnelle.

Farid avait été convoqué par son employeur.

Sa période d'essai débouchait sur un CDI. Il était passé de petit boulot en petit boulot, d'intérim en intérim, et tenait enfin un emploi stable qui lui avait été confirmé la veille au soir par son chef d'équipe. Il assurait la pose des nouveaux compteurs électriques dans une entreprise spécialisée. L'ambiance était bonne, le salaire très correct, la formation efficace et les perspectives d'évolution certaines.

Il avait donc invité sa compagne, son ami et sa sœur à dîner dans ce lieu réputé de la région pour fêter l'évènement. L'établissement était tenu par un couple du même âge, dont il connaissait bien la jeune épouse.

Ils étaient arrivés pour l'apéritif puis avaient enchaîné avec le menu dégustation, composé d'un assortiment des spécialités du chef. Chaque plat était accompagné d'un excellent vin qui le complétait à merveille.

L'ambiance était très détendue et les blagues alternaient avec les nombreux et doux bécots des deux couples.

Ils firent la fermeture et accueillirent à leur table les propriétaires du restaurant qui leur firent goûter quelques rares digestifs glanés dans la réserve privée du patron.

Il avait été décidé au préalable que les deux filles seraient raisonnables quant à la consommation d'alcool. Elles pourraient ainsi reconduire la troupe à bon port.

Les deux garçons titubaient largement quand ils sortirent de l'établissement.

Le grand air ne suffisait pas à les dégriser et ils se mirent à courir comme des dératés, riant aux éclats en chantant à tue-tête des chansons paillardes.

Ils ponctuaient chaque phrase d'un aboiement stupide qui faisait hurler les chiens du voisinage.

Ils traversèrent la route nationale sans faire trop attention et dévalèrent le petit talus qui donnait sur l'ancienne départementale, transformée à cet endroit en parking.

Surpris d'y trouver un véhicule tous feux éteints, ils en firent le tour, regardèrent à l'intérieur s'il n'y avait pas un couple en train de passer un bon moment.

Personne.

L'occasion était trop belle et Kevin se soulagea sans aucune retenue sur le capot avant du véhicule, hilare. Farid l'imita, arrosant copieusement tout le tour de la voiture.

Ils étaient nus comme des vers quand les deux filles les rejoignirent.

Deux paires de fesses contractées par la température nocturne les accueillirent joyeusement. Ils se tournèrent, les mains pudiquement croisées sur des sexes ratatinés par le froid et le surplus d'alcool.

— Nous allons nous baigner, vous venez avec nous ? proposa Kevin.

— Bande de malades, vous allez attraper la crève, l'eau doit être glacée. Ne faites pas les imbéciles, rhabillez-vous, insista Marie-Charlotte.

— Oh, les chochottes, nous, on y va.

— Préparez-vous à nous faire de gros câlins dans quelques minutes, nous en aurons besoin, ajouta Farid.

Les deux garçons, ridicules, avançaient perchés sur la pointe des pieds comme des danseurs classiques débutants. Les deux copines s'en amusèrent, se moquant de ce pas de danse improvisé où ils avaient du mal à conserver leur équilibre.

Les cailloux du chemin leur piquaient les pieds. L'herbe qui les accueillit leur fit le plus grand bien.

Kevin ramassa alors ce qu'il pensait être un vulgaire bout de chiffon. Il s'aperçut que c'était un vieux chapeau et s'en coiffa. Il avait l'air d'un clochard. Accentuant sa marche grotesque en titubant, il approcha de la rive.

Les deux intrépides entrèrent avec précaution dans l'eau glacée et commencèrent à s'ébrouer. On entendait le claquement de leurs dents jusqu'au haut du parking.

— On fait l'aller-retour et le premier arrivé gagne un mois d'apéro, proposa Farid.

— OK, mais ça va te couter cher, femmelette.

— Ça m'embête d'avoir à t'humilier de la sorte, plaisanta Kevin.

Il n'attendit pas la réponse de son camarade et démarra dans la foulée, nageant comme un forcené.

La nuit profonde ne permettait pas d'y voir grand-chose et le bruit des mouvements de la brasse coulée du nageur couvrait tous les autres. Sa tête heurta durement un obstacle.

Il hurla de douleur, surpris par cette présence.

Ignace, les poumons partiellement remplis d'eau de mer, émergea de sa catalepsie sous la violence du choc. Il s'enfonçait progressivement vers le fond du havre, hoquetant et suffocant.

Le cri de Kevin alerta son camarade qui se précipita vers lui.

Le faible « à l'aide » qui sortait de la bouche du pêcheur à moitié noyé se mélangeait à des gargouillis infâmes.

Ils étaient stupéfiés.

Ils avaient sous les yeux un vieux monsieur chancelant dans la boue, de l'eau jusqu'aux narines et dans l'impossibilité de s'en sortir tout seul.

Les deux copains réussirent l'impensable.

Évitant le terrible piège de la vase collante comme de la glu, ils tirèrent l'homme jusque sur la berge, le sauvant d'une mort certaine.

Les deux filles l'allongèrent délicatement par terre puis le réchauffèrent avec quelques couvertures récupérées dans le coffre de sa voiture.

Ignace, de solide constitution, se remit rapidement, refusant que ses sauveurs appellent les secours.

Les remerciements fusèrent, les embrassades aussi.

Le malheureux embourbé, trempé jusqu'aux os, décida avec autorité de reprendre lui-même le volant et de rentrer retrouver la chaleur et le calme de son foyer.

Du moins l'espérait-il ainsi !

Il arriva chez lui à trois heures et demie du matin, les vêtements souillés, du sable plein le visage et les oreilles. Il tourna doucement la clé dans la serrure, essuya ses pieds nus sur le paillasson, et lança par réflexe un chapeau imaginaire sur le portemanteau de l'entrée.

La lumière crue du plafonnier l'éblouit douloureusement.

Denise se tenait devant lui, la tête ahurie de ceux que l'on réveille brusquement dans un profond sommeil et la mine agressive de celles que l'on a oublié de prévenir lors d'une soirée arrosée avec des copains.

Une voix rauque et pas très accueillante sortit de la silhouette affaissée dans son peignoir rose.

— C'est à c't'heure q'tu rentres ?

Mohamed

« À la maitrise, l'enfant substitue le miracle. »
André Malraux.

Amine et Lucas étaient très énervés en cette fin de journée d'octobre.

L'automne était très clément et la température anormalement élevée. Le soleil, dur à la tâche depuis son triomphal lever, rasait maintenant l'horizon. Il devait rester une heure de belle luminosité. On avait l'impression qu'il ne voulait pas retourner de l'autre côté et qu'il admirait indéfiniment ce spectacle qu'il connaissait pourtant par cœur des envolées d'oiseaux sauvages à la crête des vagues.

Il colorait d'orange les dunes et les herbes hérissées au sommet.

Celles qui piquaient les jambes nues et fouettaient le sang quand on s'amusait à courir au milieu d'elles.

Amine avait récupéré un peu d'eau dans une flaque abandonnée là par la marée. Avec précaution, il en avait rempli le creux formé par ses deux petites mains et s'était rapproché en silence de son frère. Il était juste dans son dos pour l'arroser d'un jet glacé qui avait fait hurler le plus jeune.

À trois ans tout juste, celui-ci était déjà un sacré

gaillard et il avait coursé son ainé — de cinq années plus âgé — pendant plusieurs centaines de mètres. Il avait fini par le rejoindre. Ils avaient fait semblant de se battre comme de vrais ennemis puis s'étaient roulés, morts de rire, dans ce sable doux et chaud qui s'immisçait partout et se collait sur leurs joues humides.

Mohamed et Isabelle, leurs parents, n'étaient pas aussi joueurs que leurs rejetons. Ils discutaient sérieusement, l'air grave, chuchotant pour ne pas être entendus par les enfants. Le couple traversait une période difficile.

Le mari, chauffeur de bus scolaire, avait fait une énorme bêtise en conduisant son véhicule en état d'ébriété. C'était après le pot de départ à la retraite d'un collègue. Le kir, de mauvaise qualité, avait fait des ravages, non pas à cause de son degré exagéré, mais plutôt parce que la quantité consommée pendant la fête avait été très significative. Mohamed, malgré ses origines, n'était pas très regardant sur le sujet de l'alcool. Il n'avait toutefois pas l'habitude d'en boire autant en quelques heures.

Heureusement, l'incident s'était passé en dehors des horaires de travail.

Pas d'enfants, le bus était vide.

Il le ramenait au dépôt. Un virage mal négocié avait provoqué un dérapage du véhicule qui avait fini son embardée au beau milieu du rayon charcuterie du supermarché local après en avoir pulvérisé la vitrine. Il avait échoué à l'étal des produits pur porc, un comble pour lui, avait plaisanté son entourage.

Les parents des enfants de l'école avaient fait une pétition, réclamant son licenciement immédiat. Il n'était pas question de continuer à lui confier leurs trésors.

Le patron de l'entreprise, malgré la qualité du travail de son collaborateur, avait cédé sous la pression. Le chauffeur avait été brutalement mis à pied pour faute professionnelle aggravée. Il n'aurait pas droit au chômage.

Le couple avait caché la vérité aux enfants.

Ceux-ci n'étaient pas dupes, leurs amis ne se privant pas de se moquer méchamment. Ils n'avaient pas tout compris à la situation et tentaient d'en conserver les points positifs, par exemple de pouvoir profiter de leur père à la maison.

Mohamed pointait depuis six mois à l'agence pour l'emploi locale en espérant retrouver travail et dignité. Hélas, les offres étaient rares.

Isabelle, quant à elle, contribuait de son mieux au précaire équilibre budgétaire de la famille en faisant des ménages dans la région.

Elle luttait courageusement contre un mal de dos récalcitrant qui l'empêchait de se mouvoir normalement. Elle le supportait avec abnégation afin de gagner quelques euros supplémentaires.

La situation se dégradait.

Mohamed désespérait.

Les opportunités professionnelles se comptaient sur les doigts d'une main et il n'avait pas réussi à en saisir une seule. Il effectuait quelques travaux de bricolage chez les clients de sa femme et rendait de menus services dans le voisinage, arrachage de mauvaises herbes ou tontes des pelouses.

La santé d'Isabelle continuait de vaciller et il ne voyait pas le bout du tunnel.

Malgré cela, le couple était solide.

Ils se raccrochaient à une hypothétique bonne étoile.

Mohamed rappela les deux garçons et leur proposa d'aller visiter le fameux village abandonné dont ils avaient tant entendu parler.

Il était temps, car il faisait presque nuit. De plus, un article dans la presse locale se faisait l'écho d'une prochaine destruction du site.

Les quatre complices entamèrent l'escalade de la haute dune qui les séparait de l'attendu spectacle. Ils progressaient en colonne, les uns derrière les autres, en se tenant par la main.

Amine menait la danse, comme à l'accoutumée. Il avançait à pas comptés, la pente était raide et le sable profond et meuble cassait les jambes et durcissait les mollets. Il était suivi par son frère qui imitait son pas parfaitement, comme il le faisait souvent. Il l'adorait et reproduisait avec un mimétisme impeccable tous les actes du plus grand, fussent-ils de sévères bêtises.

Arrivés en haut de la pente, ils s'alignèrent, dos au soleil couchant.

Celui-ci baignait d'une magnifique lumière crépusculaire le paysage apocalyptique qu'ils découvrirent, stupéfaits.

Des dizaines de maisons en ruine et des monceaux de blocs de pierre blanchâtre jonchaient une large plaine où l'on avait érigé plus de trente ans en arrière les fondations d'un village de pavillons confortables, à quelques mètres de la mer.

Le projet avait capoté. Un permis de construire qui n'avait jamais été délivré, un entrepreneur qui avait fait faillite entrainant dans son sillage celles de plusieurs artisans et quelques magouilles administratives avaient torpillé le projet.

Les maisons, de mauvaise qualité, s'étaient progressivement écroulées et s'abimaient dans ce champ désormais de ruines.

C'était un vrai paysage de guerre ; comme un village bombardé par une escadrille d'avions de chasse et un bataillon de chars écrasant tout sur son passage.

Il ne restait dans ce décor de désolation que quelques pans de murs qui servaient de support à la plus belle collection de tags et de peintures à la bombe que l'on pouvait admirer à des centaines de kilomètres à la ronde.

La troupe entreprit la descente sous les ordres d'Amine qui dévala la pente en roulant sur lui-même jusqu'en bas. Le reste de la famille le suivit, dans un énorme fou rire communicatif.

Les chardons aux pointes acérées et les herbes rebelles, hérissées, leur piquaient les membres.

Mohamed se retrouva cul par-dessus tête, ne sachant plus très bien dans quel sens il était. Quant à Isabelle, elle se promit que, la prochaine fois, elle éviterait de porter une jupe aussi courte pour une telle aventure. L'étoffe termina retroussée autour de sa taille, laissant profiter un couple de Hollandais, réfugié quelques mètres plus loin dans son camping-car, de la vue d'un affriolant string en dentelle blanche.

Ils s'en régalèrent et firent crépiter leur appareil photo.

Tout cela n'était pas bien grave et la famille oublia l'incident aussi vite qu'il était arrivé.

Ils partirent explorer les ruines.

Lucas, qui avait emporté un masque d'Halloween, s'en grima. Il grognait et avançait en balançant les bras comme un orang-outan. Pour son âge, il était déjà fort dégourdi et plein de malice. Il s'éloigna avec Amine.

— N'allez pas trop loin, leur cria la mère.

— Amine, tu surveilles ton frère, tu es le plus grand, confirma le père.

Elle prit tendrement son mari par le bras et le serra fort, avec ces petites pulsions régulières pour mieux le retenir, comme s'il avait eu l'intention de s'enfuir.

— Nous devons faire encore plus attention question

budget, deux clients veulent diminuer mon nombre d'heures, murmura-t-elle à l'oreille de Mohamed.

— Tu n'as toujours aucune piste ? lui demanda-t-elle, presque par réflexe.

Elle connaissait la réponse.

— Pas dans l'immédiat. Sauf si on me propose de venir retaper toutes ces maisons !

— Je dois me réorienter.

— À cause de ma grosse connerie, je suis grillé comme chauffeur de bus.

Pendant ce temps, les enfants avançaient dans le champ de ruines comme dans un champ de mines, avec précaution.

Il émanait de ce village une étrange atmosphère.

Un curieux mélange de profonde désolation et de joie discrète, presque confidentielle.

Les peintures éclatantes, qui ornaient le moindre centimètre carré de mur encore debout, éclairaient l'ensemble. On imaginait que ce bombardement n'avait touché que les maisons. Une frappe chirurgicale, comme ils disaient aux informations. Sans un écart, juste les habitations. Pour qu'elles disparaissent, elles seules, comme si c'était une ignominie que d'avoir voulu les ériger ici, si près de la mer.

Il ne restait plus grand-chose de ce rêve citadin à la campagne.

Dans la pénombre qui s'abattait sur les décombres, on distinguait à peine les morceaux de charpente qui s'entrecroisaient et dessinaient d'improbables figures géométriques. Elles se détachaient comme d'immenses squelettes sombres et lugubres dans la lueur évanescente du bout du jour.

D'impressionnants amoncèlements de blocs de plâtre, qui auraient dû servir initialement de cloisons, ressemblaient à des morceaux de sucre disposés au hasard.

L'intérieur des rares restes de pavillons encore debout laissait découvrir des amas de ferrailles tordues ou de tuiles cassées tombant des toits dégarnis.

Quelques immondices, papiers gras et préservatifs usagés, témoignaient de la visite de marginaux ou d'adolescents venus passer un peu de bon temps dans ce paysage apocalyptique.

Le moindre espace était recouvert de graffitis, magnifiquement réalisés et presque tous porteurs de messages positifs. Beaucoup traitaient d'écologie et on sentait qu'une révolte contre ce type de gâchis avait animé les premiers artistes. Les plus respectés voyaient leurs œuvres subsister dans un parfait état, soigneusement conservés dans leur originalité. Elles n'étaient jamais souillées par les autres peintres en herbe qui allaient s'exprimer en d'autres endroits.

Lucas s'était caché dans une des maisons. Il restait encore de rares morceaux de cloisons à l'intérieur de celle-ci, même si une grande partie était désormais à ciel ouvert.

Accroupi derrière un bout de porte, il constata que le sol avait été creusé puis rebouché à la hâte, comme si un chien avait gratté la terre, déposé un précieux os afin de le déguster plus tard et recouvert son trésor tant bien que mal avec ses griffes.

Il fit le chemin inverse.

Seules des mains aussi fines et agiles que celles du garçon pouvaient s'immiscer dans les gravats pour l'atteindre.

Un petit sac noir en suédine, trempé par l'averse du matin, lui apparut.

C'est en tirant sur le mince cordon qui le fermait hermétiquement que de subtils éclats reflétèrent brusquement le dernier rayon de soleil couchant qui pénétrait dans la ruine. Il se saisit de quelques-unes des pierres contenues dans la poche. Les diamants brillaient, jouant de leurs faces parfaitement taillées devant les yeux émerveillés du gamin qui n'en revenait pas de sa découverte.

Cela l'amusait beaucoup.

Il s'en décora.

Un dans chaque oreille, un dans la bouche et un dans chaque main.

L'effet devait être bluffant, se dit-il. Ne sachant pas trop à quoi cela pourrait lui servir plus tard, il glissa le sac dans la poche poitrine de sa salopette. Les magnifiques éclats le ravissaient. Il ferait impression à la maison et à l'école avec ces décorations.

Entendant son frère approcher, il surgit devant lui, brillant de mille feux et lui jeta à la figure un tonitruant cri qui se voulait effrayant.

Celui-ci sursauta et ne comprit pas immédiatement d'où venaient ces jolies lueurs.

Quelques heures plus tard, Louis et Esteban se glissèrent dans les ruines.

Un article de presse, relayé sur les réseaux sociaux qu'ils consultaient régulièrement, les avait alertés.

Devant la dangerosité du lieu, la mairie avait décidé d'en interdire l'accès au public et de débarrasser l'espace de toute trace de ce scandale. Les travaux commençaient le lendemain.

Il était donc temps pour eux de récupérer la recette du casse de la bijouterie du bourg voisin commis quelques semaines auparavant. Ils étaient anxieux. Ils pouvaient être surpris, car la lune était pleine.

Louis accordait une confiance tout à fait relative à son complice et se méfiait de lui. Une trahison lui semblait possible.

Afin de ne pas éveiller les soupçons, ils ne s'étaient pas revus depuis leur crime. Déjà qu'ils n'avaient pas bonne réputation dans le bourg…

Leurs fréquentes altercations avec des jeunes du coin et les nombreux séjours en prison, même s'ils étaient de courte durée, n'inspiraient guère de sympathie à leur égard.

Ils avaient décidé de cacher le fruit de leur rapine en territoire neutre.

Après avoir remué tous les gravats et fouillé les alentours, ils durent se rendre à l'évidence.

Le sac avait disparu.

Cette absence réveilla en eux les plus bas instincts et une bagarre violente opposa les deux complices.

Esteban se fracassa le crâne sur l'arête d'un bloc de plâtre.

Louis l'abandonna, le laissant pour mort, gisant dans sa mare de sang.

Les enquêteurs ne mirent pas longtemps à faire les rapprochements et à condamner le survivant pour vol aggravé et meurtre avec préméditation.

Le condamné soutint avec insistance lors des interrogatoires ainsi que pendant son procès qu'il n'avait aucune idée d'où étaient les diamants, accusant son complice de lui avoir joué un sale tour.

Trois mois plus tard, Mohamed, Isabelle, Amine et Lucas se régalaient d'une délicieuse pastilla sur la grande terrasse de leur magnifique duplex, heureux sous le soleil de Casablanca.

La petite entreprise de transport en commun «☐Les diamants du bled☐» était florissante. Elle comptait désormais dix bus qui parcouraient le Maroc, ravissant les touristes.

Mohamed, bien qu'il eût pu se consacrer à la gestion de ses affaires et à quelques loisirs plus ludiques, conduisait encore un des véhicules. Celui qui assurait le transport des enfants vers les écoles avoisinantes.

Il était fier et heureux de sa réussite.

Même si le destin lui avait donné un sacré coup de main.

Quant aux deux garçons, ils portaient crânement à leurs oreilles une minuscule pierre retaillée pour l'occasion.

Pour ce qui est d'Isabelle, elle s'était offert un discret piercing dont elle réservait l'exclusivité à Mohamed.

Miranda

« Lorsqu'on n'a pas de vie véritable,
on la remplace par des mirages. »
Anton Tchekhov.

À quelques dizaines de mètres au-dessus de la mer sereine, Miranda, mouette élancée et portant fièrement ses origines de volatile respecté, en examinait la surface.

Elle poussait quelques cris aigus comme pour mieux affirmer sa présence.

Elle était chez elle, c'était son territoire. Depuis des décennies d'ailleurs. Depuis que la Manche était Manche, des générations de ces oiseaux côtiers vivaient ici. Ne disait-on pas, dans les belles histoires d'antan, que son nom venait même de l'ancien normand, la mawe, auquel on avait ajouté ce joli suffixe en ette qui lui apportait une touche sympathique et agréable à prononcer et à accorder. La mawette était devenue la mouette…

Elle en était la digne représentante.

Miranda, la solitaire, se posa délicatement comme un flocon sur l'étendue salée et resta à se faire balloter par le faible courant. Elle aimait se reposer ainsi, calme et tranquille, se faisant des haut-le-cœur qui l'amusaient quand la vague enflait et qu'après en avoir atteint la crête où elle était tout aspergée, elle redescendait sans précautions le versant opposé.

Elle n'était pas comme les autres, à piailler en bande à qui mieux mieux, comme ces mégères acariâtres prêtes à verser leur venin sur tout ce qui passait devant elles.

Elle se prélassait toute la journée, se débrouillant pour se nourrir sans aucune aide, attendant patiemment son Jérôme qui naviguerait au large dans quelques heures.

Comme d'habitude, le petit bateau de pêche s'en irait à sa récolte aux casiers à la marée descendante et reviendrait avec quelques belles pièces de homards, de moussettes et d'araignées dans les caisses réfrigérées. Miranda accompagnerait le crabier durant tout le périple, se postant la plupart du temps sur le mât le plus haut, comme pour surveiller les alentours et veiller sur l'homme. Elle redescendrait quelques fois, pour se poser sur son épaule, grappiller quelques mollusques et picorer tendrement sa joue.

Il était beau son Jérôme. Sa chevelure longue et bouclée s'était décolorée au sel. Elle s'accordait ainsi merveilleusement bien avec les ailes de l'oiseau, avec cette lumineuse blancheur parsemée de quelques touches grisâtres qui en brisaient l'uniformité et lui donnaient du tonus.

Son nez était arqué, très fort et synonyme de caractère, qui était d'ailleurs un peu rugueux. Il rappelait à Miranda son bec, qu'elle avait elle aussi plus prononcé que ses congénères. Seul le noir de sa tête ne trouvait pas d'écho dans le rouge du visage de l'homme.

De toutes ces ressemblances, elle en avait usé, dès le début de leur relation. Elle s'était imposée sèchement, comme lorsque ces jalouses s'étaient précipitées comme de vilains vautours sur la nourriture qui lui était destinée.

Elles avaient toutes fini par comprendre que Jérôme et son bateau, «Le crabe à 2 têtes», c'était chasse gardée, territoire interdit à la populace ; elle seule y avait accès, elle seule pouvait régner en douce et tendre amie sur le pont du marin. Elle en était éperdument amoureuse.

Sa première tentative d'approche de l'humain s'était pourtant soldée par un échec cuisant.

Elle se le rappelait encore.

Elle l'avait surpris, lorsqu'elle s'était posée, sans invitation, sur sa puissante épaule. Il avait crié, effrayé par cette soudaine marque qu'il avait supposée d'agressivité. Il avait voulu s'en débarrasser, lui assenant un violent revers de la main sur la crête qu'elle avait soigneusement lissée pour l'occasion.

Elle ne s'en était pas offusquée, admettant la réaction. Voletant autour de lui, elle avait tenté par lui faire comprendre qu'elle lui voulait du bien et seulement lui proposer un peu de compagnie, lui qui était si solitaire au milieu de ces flots qui ne demandaient qu'à l'absorber.

La deuxième tentative avait été couronnée de succès. Elle s'y était posée, sur cette fameuse épaule. Délicatement, les pattes bien écartées pour ne pas la griffer. Il l'avait regardée et lui avait souri, l'acceptant telle quelle.

Elle était fière, tellement émue qu'une légère coulure de fiente avait orné la veste de son nouveau perchoir, comme une décoration d'apparat sur un costume officiel. Loin de s'en offusquer, Jérôme avait ri aux éclats, gardant la trace jusqu'au retour.

D'ailleurs, même après de nombreux et vigoureux lavages, cette trace d'amitié soudaine étoilait encore le tissu.

Balancée sur la crête, elle commençait à s'ennuyer. L'inquiétude s'installait.

Il était toujours ponctuel.

— Que s'était-il passé ?

Le temps était idéal, la marée à la bonne hauteur et le courant parfait pour une excellente récolte.

— Avait-il annulé sa sortie ?

Il n'avait été qu'une seule fois malade en cinq ans de vie commune.

— L'était-il aujourd'hui ?

Le bateau avait été entièrement retapé dernièrement, repeint de la quille au mat en passant par l'exigüe cabine d'un joli blanc couronné de gris accordés au plumage de l'oiseau.

— Était-il quand même en panne ?

— Ou pire ?

— Avait-il décidé de dévier de sa route habituelle pour l'éviter, lui qui la câlinait en la caressant tendrement sous les ailes, lui qui la chouchoutait en lui offrant les meilleurs bulots et les succulentes miettes de tourteaux, lui qui lui parlait en sifflotant pour mieux qu'elle comprenne ?

Il s'en passe dans une tête de mouette.

Autant que dans celle d'une mère inquiète de voir son enfant la laisser sans nouvelles, ou, pire, imaginer ne plus recevoir d'amour.

Est-ce qu'elle peut pleurer, comme tous ces humains qu'elle ne comprend pas toujours parfaitement ?

En tout cas, Miranda était au bord des larmes. Si les autres l'apercevaient ainsi, c'en était fini de sa superbe, de son autorité naturelle, de son orgueil d'être en couple avec un humain et pas avec un de ces sales goélands, au corps emprunté, aux pieds inélégamment palmés et au bec jaunâtre trop recourbé.

Elle s'ébroua, faisant perler quelques embruns qui se reflétèrent au soleil. Elle aurait bien voulu qu'il fût là, pour l'admirer dans ce geste si harmonieux.

Elle tournait la tête dans tous les sens.

Pas de bateau.

Du moins pas celui qu'elle espérait. Seul un voilier tanguait au large, probablement mal manœuvré par d'imbéciles débutants.

Quelques mètres devant elle, trois baigneurs courageux courraient sur le luisant. Ils se jetèrent en claquant des dents dans l'eau glacée envahie d'algues puis lui crièrent après méchamment pour l'effrayer. Elle en avait l'habitude. On ne peut pas plaire à tout le monde. Surtout aux enfants, ces bandes de mioches qui vous déplumeraient vivante, s'ils arrivaient à vous attraper.

La prochaine fois, elle leur chierait dessus, autant qu'elle le pourrait. Juste pour les agacer.

Elle décolla, les ignorant, tout en ayant perdu de sa superbe.

Ses ailes tremblaient, le stress l'envahissait. Ce n'était vraiment pas habituel, cette absence. Il aurait pu au moins la prévenir, hier au soir…

Miranda faisait des ronds, de plus en plus large, gagnant en altitude. Une nuée de sternes la croisa, la saluant aimablement. Elle leur rendit la politesse.

Quelques dizaines de mètres plus loin, un curieux volatile s'approcha d'elle. Il ne ressemblait en rien à ce qu'elle connaissait déjà. Il n'avait pas vraiment d'ailes et des sortes de pattes, au nombre de quatre — en plus ! — s'agitaient en cercle avec un bruit qui n'avait rien de naturel.

Cette bizarrerie n'avait qu'un œil, énorme, et il avait la capacité de pouvoir tourner autour de lui-même.

Elle n'avait pas vraiment peur de l'inconnu, habituée qu'elle était à côtoyer des humains — ou tout du moins le sien. Elle se douta que c'était encore une invention de ces fichus baigneurs pour venir la déranger en plein vol.

L'engin s'immobilisa.

Elle aussi.

Elle cria comme elle savait si bien le faire puis essaya d'engager le dialogue. Chaque fois qu'elle esquissait un mouvement, son interlocuteur mécanique faisait la même chose.

Ceci l'amusa un moment puis elle revint à sa préoccupation première.

— Où donc était passé Jérôme ?

Tournant dédaigneusement le dos à son vis-à-vis, elle se mit à poursuivre ses recherches.

Le drone la suivit encore quelques mètres avant qu'elle ne se retourne brusquement et, d'un coup de bec, lui sectionne un côté entier.

Il partit en vrille et elle l'accompagna du regard, ravie et satisfaite de son acte.

L'appareil heurta violemment la tête d'un des bruyants baigneurs et l'assomma sur le coup. Les deux autres nageurs lui portèrent assistance tout en l'insultant copieusement. Miranda en fut réconfortée, oubliant ainsi une partie de ses angoisses.

— Bien joué, ma belle, se dit-elle pour elle-même.

Deux heures plus tard, la fatigue lui paralysait les ailes.

Ne voyant rien venir, elle décida d'abandonner et rejoignit, triste et déprimée, sa niche bien cachée dans ce coin du marais à quelques mètres de la plage.

Elle s'y sentait bien, dans cette végétation rase et humide. La nourriture était abondante à proximité. Les marchés du mardi lui prodiguaient le nécessaire.

Elle s'installa, repliée sur elle-même, un sanglot dans la gorge, pour un court sommeil qu'elle espérait réparateur.

Le réveil fut difficile.

Comme tous ces matins qui suivent les nuits où l'angoisse et l'inquiétude vous étreignent.

Et vous obligent à dormir par tranches entrecoupées de longues périodes de veille oppressantes.

Même chez les mouettes, on dort mal.

Elle avait sa tête des mauvais jours.

Une rapide toilette dans le ru qui bordait son repère remit d'aplomb le haut de son crâne hérissé par une fâcheuse position. Quelques vers de terre et épluchures plus tard, elle décolla pour reprendre son périple et aller attendre de nouveau son ami.

L'heure propice de la marée descendante approchait.

Le réveil fut tout aussi difficile pour Jérôme et Éloïse.

Comme tous ces matins qui suivent les nuits où l'ivresse et les jouissances répétées vous laissent abasourdis, mais heureux, fatigués, mais extatiques.

Et vous obligent à dormir par tranches entrecoupées de longues périodes d'amour physique exténuantes.

Même chez les amoureux, on dort mal.

Il avait sa tête des bons jours. Elle aussi.

Connivences et délicates caresses furent au menu du petit-déjeuner, accompagnant le jus d'orange, le pain grillé et le beurre salé. Une rapide douche prise en commun finit de les remettre d'aplomb pour affronter la mer et ses embuches.

Ils se rendirent à la cale et embarquèrent, serrés l'un contre l'autre pour mieux se protéger du vent et des embruns envahissants.

C'était la première fois qu'Éloïse allait tenter pareille aventure.

Miranda s'installa à son poste d'observation habituel, les pattes bien rangées sous son ventre lissé, les vaguelettes lui chatouillant le poitrail.

Un banc de bars passa à proximité, craintifs devant l'oiseau. L'un d'eux était particulièrement imposant. Elle resta aimable, et désintéressée, focalisée sur son objectif : apercevoir son amoureux.

La corne de brume qu'elle connaissait si bien sonna deux fois. Comme d'habitude. Ce n'était pas pour rien qu'on les appelait mouettes rieuses. On entendit sa joie éclater jusqu'au plus profond des terres…

« Le Crabe à 2 têtes » approchait, attirant dans son écume poissons et volatiles en quête de nourriture. Ils devraient toutefois attendre le retour de pêche et la générosité supposée du propriétaire.

Quand Miranda arriva, les autres comprirent qu'il fallait s'écarter et chercher ailleurs. Ils étaient sur son territoire et toute la côte, de Granville à Cherbourg, en était informée.

Elle se posa sur le mat, inclina sa tête noire et faillit s'évanouir. Il n'était pas seul et enlaçait dans ses bras puissants une créature humaine qui lui était inconnue.

Jérôme et Éloïse s'embrassèrent, comme pour mieux lui balancer en plein cœur cette indignité qui lui brisa l'élan.

Elle n'était plus la bienaimée.

Le marin l'invita à le rejoindre sur son épaule.

Elle refusa tout net.

De cette cruelle désillusion et si soudaine déception naquit une colère indescriptible qui la submergea plus rapidement qu'une vague scélérate aurait pu le faire avec le frêle esquif.

Elle remuait en tous sens, parcourue de spasmes incontrôlables, les yeux révulsés et les pattes s'agitant sans aucune retenue.

Effrayés, les deux amants allaient se mettre à l'abri sous l'étroit auvent de la cabine quand Miranda fondit sur la jeune femme dans un rire qui n'avait plus rien d'amical.

Son bec aiguisé pointé en avant rencontra l'œil d'Éloïse et s'y ficha profondément sans que sa victime puisse réagir.

Elle s'agita nerveusement, augmentant la douleur puis finit quand même par s'en dégager.

Elle échappa d'une plume à la hache que brandissait Jérôme et s'envola, presque soulagée, au plus haut qu'elle le pouvait.

Asphyxiée par l'altitude, glacée par les tourbillons, exténuée par la montée, désorientée par la nouvelle, désemparée par la situation, elle se laissa tomber comme une pierre, sans aucune réaction, volontaire dans son désespoir.

Elle s'écrasa sur le pont du « Crabe à 2 têtes » déjà couvert du sang de sa concurrente.

Miranda n'était plus.

Jérôme ne lui adressa pas le moindre regard, tout entier absorbé par la douleur de sa nouvelle fiancée.

Palamède

« Les hommes passent la moitié de leur temps
à se forger des chaines et l'autre moitié à les porter. »
Octave Mirebeau.

Palamède, en nage, s'écroula épuisé dans la boue
profonde qui bordait le marais.

Le bruit de la chute affola un couple de chevaliers
gambettes aux jolies pattes rouges qui pensait pouvoir
s'y reposer et y concevoir une belle nichée d'oisillons en
toute tranquillité. Ils décollèrent en rasant les grandes
herbes piquantes qui s'agitèrent, signalant
ostensiblement la présence de l'intrus.

José avait relevé le petit volet qui permettait d'épier
discrètement les oiseaux. L'endroit était prisé des
photographes amateurs et des amoureux de la nature.
Derrière les hautes cloisons en bois, ils pouvaient
observer à loisir les escadrilles de volatiles qui faisaient
une halte ou parfois même logeaient dans cette zone
préservée.

José n'en avait cure. Il examinait les alentours. Son
œil exercé de baroudeur, attentif au moindre
mouvement, l'aidait à repérer facilement ses proies.

Ses jumelles ultra-puissantes balayèrent les abords de
l'eau et s'arrêtèrent là où les herbes avaient bougé. Le
vent était tombé et la plus petite agitation était suspecte à

cette heure avancée de la soirée. Elle pouvait être révélatrice de l'endroit où se trouvait le fugitif blessé.

Tiago, assis tranquillement au fond de la cabane, cala son fusil au canon scié entre ses jambes et essuya consciencieusement le large couteau de chasse sur sa cuisse. Il était maculé d'un sang qui n'avait pas encore eu le temps de coaguler.

Il alluma une cigarette.

José fonça sur lui et lui arracha son briquet juste avant la première étincelle. Il accompagna son geste d'une gifle magistrale qui fit craquer horriblement les os de la pommette de son comparse.

— Espèce de con, tu n'as qu'à faire un feu pour lui signaler qu'on est là !

— Encore une crétinerie comme celle-là et je te défonce la tête jusqu'à ce que ta propre mère soit incapable de te reconnaitre.

— Tu l'as loupé une fois, tu veux qu'il nous repère ? ajouta-t-il, hors de lui.

— Mais qu'est-ce que j'ai fait pour mériter un fardeau pareil ?

— Si on rentre sans lui demain, je ne donne pas cher de notre peau. Le patron va s'occuper de nous, ça, je peux te l'assurer.

Les reproches succédaient aux reproches.

José était furieux, contenant à peine cette violence naturelle qui s'était avérée mortelle pour nombre de ses victimes lorsqu'il n'arrivait pas à se calmer rapidement.

Tiago tremblait, ruisselant d'angoisse et de terreur par tous les pores de sa peau.

Il connaissait trop bien son acolyte, son chef. Brutal, barbare, sans arrière-pensée, uniquement intéressé par la prime qui récompenserait leur réussite.

Il avait été recruté dans les bas-fonds d'un tripot

ougandais lorsqu'il était en mission là-bas. Il s'était alors laissé séduire par les mirages de l'argent facile, lui qui en avait tant besoin pour payer les jeunes garçons prostitués, les alcools forts et les rails de coke.

Déjà dix années qu'il faisait office de porte-flingue, fidèle et dévoué, que l'on traitait pour un rien d'abruti et sur lequel on passait ses humeurs et ses colères.

Il tenta une excuse.

— Désolé, chef, je…

Devant l'injonction de José, il n'eut même pas le loisir de terminer sa phrase. Celui-ci continua, un doigt sur la bouche :

— Je ne veux plus t'entendre ! Compris ?

Ajoutant, à voix basse :

— Quelque chose a bougé là-bas… Je vais voir ce que c'est…

José retourna à son poste d'observation.

La nuit était tombée et les reconnaissances s'en trouvaient beaucoup plus délicates.

Il était furieux.

Furieux d'avoir laissé passer l'occasion de repérer la cible et de l'achever. Il engagea le chargeur dans son arme, visa l'endroit supposé et déclencha une courte salve. Le silencieux amortit le son du tir. Les balles s'enfoncèrent avec un bruit mat dans l'épaisseur de la tourbière.

Palamède sentit un des projectiles lui frôler l'oreille, l'égratignant légèrement au passage. Il contint un cri de douleur et serra les dents.

La boue l'empêchait de respirer. Il en avait plein les narines, elle s'infiltrait partout, remplissant déjà la moitié de ses bottes de caoutchouc et alourdissant sa veste dont les poches en étaient bourrées.

La profonde entaille à sa cuisse gauche lui faisait horriblement mal et il redoublait d'efforts pour rester lucide. Et vivant. Il en aurait pleuré.

Il prit le risque de bouger. Se saisissant d'une pierre, il la lança sur sa droite, à un peu plus d'un mètre. Puis une autre. Il entendit les bruits amortis des balles qui s'enfonçaient dans le sol juste à l'endroit où ses leurres avaient atterri.

Il profita alors de la diversion pour ramper jusqu'au fossé qui bordait le plus grand des étangs, glissa dans le trou et se couvrit entièrement d'algues et de lenticules.

Il frissonnait et sentait la fièvre le gagner.

José s'adressa à Tiago.

— Tu vas voir là-bas, il doit être caché dans les herbes.

— J'ai tiré plusieurs balles, je l'ai probablement touché.

— Tu l'achèves si ce n'est pas déjà fait. À l'arme blanche.

— Comme tu sais le faire, insista-t-il.

Tiago redressa les épaules, fier de la confiance renouvelée de son patron. Il remonta la fermeture éclair de sa veste de camouflage, glissa le couteau à cran d'arrêt dans une de ses bottes et enfonça son bonnet vert jusqu'aux sourcils.

José se surprit à avoir une certaine appréhension en regardant son acolyte.

Le nez épaté, la barbe de trois jours, les yeux sans relief, les pommettes saillantes barrées par deux larges cicatrices et la bouche déformée par une sévère rixe qui lui avait valu de nombreux points de suture, tout cela lui composait une figure effrayante, accentuée par les ombres portées par la lune. Il le poussa rudement à l'extérieur.

En sortant de l'abri, Tiago fut saisi par l'épais brouillard qui s'était abattu sur la lande. Il n'y voyait rien.

Il longeait avec précaution les hautes planches qui ceinturaient la cabane quand un vol de chauvesouris lui rasa la tête.

Il se baissa pour l'éviter, complètement paniqué.

Il avait vécu bien des situations périlleuses, faisant preuve d'un courage et d'une abnégation qui frôlaient bien souvent l'inconscience.

Mais il avait aussi ses phobies.

Et les oiseaux en faisaient partie.

Il ne savait pas vraiment pourquoi, mais c'était une réalité qu'il cachait, honteux. Alors, quand José lui avait fait signe de le suivre quelques heures auparavant dans cette réserve ornithologique, il avait commencé à s'affoler. Son patron s'en était aperçu et l'avait questionné à ce sujet. Il avait balayé le sujet, mettant son malaise sur le compte d'une digestion difficile. José n'avait pas relevé.

Les vampires, qui s'étaient déjà amusés avec lui, refirent un vol en rase-mottes, l'effrayant de nouveau. Ils lui giflèrent les joues avec leurs ailes en peau rugueuse, se régalant de leur bonne farce en échangeant entre eux quelques joyeux trilles ultrasoniques.

Tiago était tétanisé, attendant avec angoisse la prochaine escadrille.

Heureusement qu'il s'était couvert la tête, au moins, il échapperait à la torture suprême de les sentir s'enrouler et s'emmêler dans ses cheveux.

Les oiseaux semblaient s'être éloignés.

L'obscurité profonde voilait tous les reliefs et l'humidité pénétrait par le moindre interstice.

Ne tenant pas compte des recommandations de José,

il alluma sa minuscule lampe de poche au faisceau ultra-puissant.

Il contourna la cabane et aborda le marais. Il progressait péniblement dans l'eau stagnante et nauséabonde qui montait jusqu'en haut de ses mollets. Pour avancer plus vite, il grimpait de temps en temps sur des talus hérissés d'herbes piquantes qui transperçaient son épais harnachement de militaire.

Il en avait assez et se promit que ce serait sa dernière mission.

Il fallait le surprendre sans se faire repérer.

Aux aguets, il se méfiait. L'individu lui avait déjà échappé une fois en faisant preuve à cette occasion d'une grande agilité et d'une force incroyable pour une aussi frêle apparence.

Encore quelques mètres et il atteindrait approximativement l'endroit indiqué par José, celui où devait se tenir leur cible.

L'odeur méphitique du marais lui rappelait de bien mauvais souvenirs. Ceux de ces charniers qui avaient fait son quotidien lors des guérillas auxquelles il avait participé.

Il scrutait l'obscurité quand il se prit les pieds dans une racine et trébucha, s'étalant de tout son long dans un trou d'eau, affolant au passage toute une nichée de bernaches dont la femelle couvait quatre oisillons.

Il reçut sur le haut du crâne un coup de bec vengeur qui transperça son bonnet et lui enleva un bon fragment de cuir chevelu.

Le mâle, une grosse oie aux reflets blanchâtres, cacarda furieusement et décolla dans un bruissement d'ailes effrayant, emmenant à sa suite sa progéniture et leur mère.

Décidément, il n'était vraiment pas en odeur de sainteté avec les volatiles.

Le second coup sur la tête fut encore plus violent.

Palamède tenait à bout de bras le morceau de béton arraché à la clôture de protection. Il l'abattit avec une force incroyable sur son infortunée victime dont la tête éclata sous le choc comme une pastèque trop mûre.

Tiago succomba sur le coup.

Sa dernière pensée alla à ces saletés d'oiseaux qui l'avaient fait repérer.

Palamède se sentait presque soulagé. Il n'en restait qu'un, le plus redoutable probablement.

Il s'empara du fusil de sa victime, fouilla ses poches et trouva son couteau. Il découpa sans aucun regret un morceau du foulard de Tiago et s'en fit un garrot autour de sa cuisse entaillée.

Le souvenir de l'agression lui revint et il eut brusquement envie de lui rendre la pareille.

Il s'approcha du corps gisant dans la fange, assura sa prise et mit la lame sous le cou de l'homme étendu. Puis il se ravisa, conscient que ce geste ne servait pas à grand-chose vu l'état de son ennemi.

La chance semblait tourner en sa faveur. Il s'étonnait lui-même. Trouver cette incroyable énergie pour continuer plutôt que de s'enfuir. Il se mit à ramper jusqu'à l'abri.

Arrivé à la cabane d'observation, il souffla quelques minutes pour récupérer puis se hissa discrètement jusqu'à l'ouverture, distinguant mal l'intérieur. Il n'y avait apparemment pas âme qui vive. Méfiant, il contourna la construction et y pénétra.

Il boitait, sa jambe lui faisait horriblement mal et le froid conjugué à l'humidité du petit matin le paralysait.

Il longea la cloison et arriva dans l'espace où les curieux se postaient pour admirer les oiseaux. La cabane était vide, complètement vide. José avait quitté le repaire.

Il s'écroula sur le sol en bois, rampa jusque dans un coin et s'y calfeutra. Épuisé, avant de s'endormir, il se remémora sa journée.

Elle avait pourtant bien commencé.

« Le soleil se levait, inondant de sa belle couleur rose la mer et le luisant.

Palamède avait fumé une première cigarette assis sur le muret de la digue, admirant le paysage, son casque vissé sur les oreilles. La musique qu'il avait sélectionnée la veille le suivrait toute la journée. Un courant d'air bienveillant le réveillait doucement.

Il était en forme. Et de bonne humeur.

Il avait ensuite livré les commandes des premiers clients du matin. Rouleaux de papier-toilette, serviettes et nappes en papier, bidons de décapant, produits nettoyants. Il était bien accueilli et avait toujours un bon mot pour accompagner ses livraisons.

Il prenait des nouvelles de la famille, de l'entreprise et parlait du prochain weekend. Il devait même refuser les invitations à petit-déjeuner ou à déjeuner qui auraient pénalisé sa légendaire ponctualité. Et gâcher une silhouette qu'il souhaitait conserver longiligne et sportive.

Seule Blanchette avait grâce à ses yeux.

Il lui consacrait toujours plus de temps qu'aux autres clients lorsqu'il la livrait à sept heures du matin.

En dix années de bons et loyaux services chez Propreté Normandie, il avait tissé d'excellentes relations avec elle.

Elle s'était retrouvée seule avec trois enfants après le décès accidentel de son mari et s'occupait à la fois de l'éducation des adolescents désormais au collège, de la boutique et des deux apprentis qui avaient pris le relais du boulanger disparu. Levée tous les matins à cinq heures, les journées étaient longues, très longues et uniquement dévolues à la famille et aux clients.

Elle existait à peine pour elle-même.

Dès lors, le café matinal que les deux complices partageaient dans l'arrière-boutique de la boulangerie était un des meilleurs moments de sa journée.

Elle avait trouvé en Palamède un parfait confident auquel elle se livrait volontiers. Une solide amitié s'était installée entre eux, franche et directe, comme elle l'était avec ses clients. Ils discutaient de tout et de rien. Surtout de rien.

Et cela leur convenait très bien.

Il était ensuite repassé au stock pour charger la suite des produits à livrer.

Et tout avait basculé. »

« C'est quand il avait fermé la porte arrière de la camionnette qu'il avait ressenti une très forte douleur à la cuisse.

Il s'était alors brusquement rendu compte qu'une personne se tenait dans son dos et tentait de l'immobiliser.

Il avait instinctivement bloqué la main de l'assaillant, évitant ainsi que le poignard ne lui perfore l'artère fémorale. Puis il s'était retourné, agile et rapide comme un écureuil, coupant Tiago dans son geste pour lui assener un coup de genou dans le plexus solaire. Cette soudaine réminiscence de gestes essentiels de boxe française qu'il avait pratiquée enfant lui avait sauvé la vie.

Il avait ensuite sauté dans la cabine de son véhicule et avait démarré en trombe, laissant sur le carreau son adversaire qui avait, dans une dernière tentative, tiré deux fois dans sa direction avec son fusil à pompe.

Les coups étaient passés tellement près que le rétroviseur gauche avait volé en éclats.

Tiago, furieux et désappointé par sa double maladresse, avait lu dans le regard venimeux de José qu'il avait retrouvé toute sa haine du genre humain et cette colère indicible qui l'animait quand tout n'allait pas comme il l'avait décidé. Il lui avait seulement dit :

— Tu es vraiment nul, Tiago…
— Tu vas payer pour cela… ! »

« Ils avaient sauté dans le gros 4x4 et avaient entamé la poursuite avec le fuyard qui connaissait parfaitement la région et s'était rapidement éloigné.

Sur la route touristique, entre la mer haute et les champs couverts de jeunes fanes de carottes, celui-ci essayait de rester concentré pour échapper à ses poursuivants.

L'angoisse de cette situation le submergeait. Il avait beau réfléchir à toute vitesse, il ne comprenait pas. Tous ses membres étaient parcourus de tremblements convulsifs incontrôlables et sa jambe le faisait horriblement souffrir. Un sang noir et épais inondait le tapis de sol du véhicule.

Il était épuisé et la tête lui tournait.

Dans la grande courbe qui précédait le rondpoint du camping, il avait fait un écart et roulé sur le bas-côté de la route.

Une gerbe de cailloux avait frappé la carrosserie, faisant exploser le pare-brise.

Prenant conscience de la dangerosité de la situation, il avait décidé de stopper. Après avoir retraversé la voie, il avait réussi à s'arrêter sur le parking de la zone ornithologique après un interminable dérapage tous freins bloqués sur le sol caillouteux. Sautant du véhicule à peine immobilisé, il s'était mis à courir en direction des étangs pour s'y cacher. »

« José et Tiago s'étaient rapprochés. Ils avaient reconnu la camionnette sur l'aire de stationnement. Leur sordide chasse à l'homme pouvait commencer. »

Palamède se réveilla deux heures plus tard, chahuté par deux jeunes amoureux qui avaient choisi la cabane comme lieu de leurs frétillants ébats.

Inquiets de constater l'état pitoyable de l'homme allongé à même le sol dans une mare de sang, ils lui portèrent les premiers secours après avoir alerté la police.

Le malheureux Palamède s'en tira avec quelques points de suture, une belle frayeur et de généreux assortiments de viennoiseries livrés tous les matins en personne par la délicate Blanchette.

Quelques mois plus tard, José sirotait un mojito à la terrasse de son bar préféré, le « Fier Pirate », sur le port de Barneville.

Son patron le rejoignit.

— Bien joué, José, lui confirma Hector, avec un accent marseillais marqué.

Il ajouta :

— Tiago devenait vraiment gênant. Il en savait beaucoup trop sur nos affaires.

— La meilleure solution pour nous en séparer était de le faire zigouiller par un inconnu, afin que l'on ne puisse pas remonter à nous.

— Tu as exécuté le plan à la perfection.

— C'était une riche idée de lui ordonner de finir ce pauvre innocent qui n'avait rien demandé. Tu savais que ce dernier connaissait parfaitement le terrain et qu'il en sortirait vainqueur, se faisant au passage un plaisir d'achever son agresseur, notre « pauvre » Tiago.

— Il portera à notre place toute la responsabilité du crime…

— Chapeau, Monsieur José. À la tienne. Cela vaut bien une belle augmentation…

Au même moment s'ouvrit le procès de Palamède. On l'accusa de meurtre sans préméditation. Son avocat commis d'office plaida la légitime défense, mais sa culpabilité fut prouvée.

Il fut sévèrement condamné.

Dans la salle de l'audience, une boulangère éplorée jura par tous les saints qu'elle n'y croyait pas un instant.

Océane

« La mer joint les régions qu'elle sépare. »
Alexander Pope.

Roxane s'amusait à le conserver à la verticale, dans l'alignement parfait des mâts dressés des voiliers qu'elle apercevait à travers l'immense baie vitrée qui ouvrait sur le petit port.

Ils n'en étaient pas loin d'ailleurs. La rue à traverser et ils étaient à quai, comme les bateaux blancs qui la faisaient toujours autant rêver ; lorsque, par exemple, ils agitaient leur élégance au moindre sursaut de l'eau, ou que les accastillages tintaient comme un appel au large en s'entrechoquant.

Le sexe de Romaric, érigé comme une nouvelle victoire, avait bien du mérite. Des heures que Roxane jouait avec, comme à son habitude.

Passant de main en main, elle en ravivait la majesté par un délicat coup de langue lorsqu'elle constatait quelques faiblesses.

Lui s'était assoupi, dans une douce quiétude qui n'avait d'équivalent que la tendresse des mains graciles de son amante.

Il grogna légèrement.

Sans agressivité, juste pour lui signaler qu'il faudrait bien qu'elle cesse enfin, afin qu'il puisse dormir.

Vraiment.

Demain serait une rude journée.

Lever à quatre heures, départ de l'appartement à cinq heures précisément.

Jean-Pascal, pointilleux, serait à l'heure. Il l'attendrait probablement depuis déjà quelques minutes en bas de l'immeuble, impatient. Puis ils s'en iraient, agitant avec émotion leurs mains en signe d'adieu par les fenêtres entrouvertes de la camionnette d'occasion. Roxane serait encore emmitouflée dans la couette aux couleurs d'azur.

Elle ne voudrait pas le voir s'éloigner.

Elle pleurerait.

Son corps frissonnerait de ces tremblements incontrôlables qui lui rappelaient les moments d'extase qu'elle aimait tant entre ses bras et ses jambes.

Les deux copains partaient pour neuf mois. Probablement la chance de leur courte vie de photographe et de journaliste.

Romaric était le premier, Jean-Pascal le deuxième.

On leur confiait un long reportage en Australie sur la flore typique du pays. Une longue absence certes, mais généreusement rémunérée par leur commanditaire, une chaine d'information.

Des mois sans cet amour si intense, si joyeux, si indéfectible, qui les avait surpris au moment où ils s'y attendaient le moins.

Roxane était alors une grande rêveuse.

Romaric était alors un personnage appliqué.

Jusque-là, leurs amourettes s'enchainaient sans réelles passions.

Jusqu'à ce jour…

Celui de leur rencontre.

Il prenait des photos, comme à son habitude.

Cette fois-ci, c'était dans le port. Une série élégante sur les plus belles goélettes au mouillage. Celles qui hissaient haut sur leurs mâts de misaine ces magnifiques voiles triangulaires ou auriques qui gonfleraient au vent le plus léger et pourfendraient les airs comme des lames acérées.

Elle était assise sur la jetée d'en face, comme à son habitude, les pieds qui balançaient dans le vide avec la régularité d'un métronome.

Elle venait souvent pour avaler goulument ces courants d'air qui la mèneraient un jour au loin, comme dans ses rêves.

Naviguer, naviguer. À en perdre haleine. À en perdre toute raison, toute logique. Aller droit devant, jusqu'au bout du monde.

Romaric fixait un groupe de goélands qui survola Roxane par un bienheureux hasard.

Elle s'incrusta dans le viseur de l'appareil photo et en occupa d'un coup toute la surface, inondant l'écran de sa beauté sauvage et resplendissante. Elle souriait comme une enfant trop gâtée. Sa fraicheur et son charme inouï irradiaient.

Le photographe fut transpercé jusqu'au cœur. Il ne pouvait se détacher de cette vision.

Il déclencha l'obturateur en rafale, comme un robot, ne réfléchissant même plus. Un bip l'alerta que la carte mémoire était pleine. Le son aigu se propagea jusqu'à son modèle et elle tourna la tête vers lui. Il était loin, mais elle reconnut les gestes d'un paparazzi indiscret qui pointait sur elle.

Elle se leva sans qu'il fît le moindre mouvement, et commença à courir, à toute vitesse, ne relâchant pas son effort, en excellente sportive qu'elle était.

Il ne bougeait toujours pas, totalement ensorcelé.

Sa foulée légère faite de grandes enjambées lui donnait l'air de ne pas toucher le sol.

Elles l'amenèrent devant Romaric, qui resta prostré, son boitier reflex pendouillant comme un maigre trophée sur sa veste d'aventurier. Il lui sembla même qu'il rougissait.

Elle se cala en face de lui, les mains sur les hanches, fière, l'air arrogant des personnes qui sont sures d'elles. Il s'attendait à une réflexion cinglante, ou pire, une gifle magistrale qui lui aurait fait doublement mal. Autant à son amour-propre qu'à cette pulsion soudaine qui le laissait sans voix.

— Faut pas te gêner, tu pourrais demander l'autorisation ? déclara-t-elle, essayant de garder son sérieux.

— Je…

Les mots n'arrivaient pas à sortir de la bouche de Romaric. Il se sentait ridicule.

Roxanne, farouche, ne tolérait pas que l'on ait pu l'espionner de cette manière. La pureté du regard de son interlocuteur la troubla brusquement.

— Je photographiais les bateaux, je réalise un reportage pour un journal. Ce n'est pas si fréquent d'avoir une commande, alors je m'attachais à faire quelque chose de beau.

— Et c'est par hasard que je vous ai vue apparaitre dans mon viseur. Je pistais une mouette qui passait de mât en mât, le mouvement était joli, le ciel si contrasté…

— Et puis…

— Et puis quoi ? s'amusa à répliquer Roxanne, toujours captivée par ce regard si bleu, si translucide.

Elle feignait une colère qui n'en était pas une, seulement une légère provocation pour voir si ce jeune homme mal à l'aise aurait du répondant. Sur ce point-là, elle resta déçue.

Un adolescent, amoureux transi ne sachant pas comment s'y prendre la première fois, aurait été plus entreprenant.

Ceci l'amusa. Elle en joua en le harcelant de questions auxquelles il n'apportait que quelques balbutiements comme réponses.

Elle finit par enchainer sur un ton plus aimable.

— Je suis Roxanne.

— Mes parents, des musiciens un peu dérangés, m'ont appelée ainsi en hommage à ce titre bien connu. Pas facile à porter il y a quelques années, je m'y suis bien habituée.

— Et toi?

— Moi, c'est Romaric.

— Mes parents sont professeurs. Mon père l'est d'histoire, ma mère également. Ce prénom dont la véritable signification est « roi téméraire et vainqueur » devait leur rappeler quelques bonnes pages de notre histoire de France.

— Moi aussi, je m'y suis habitué.

La réplique plut à Roxanne qui continua.

— On va boire un thé, j'ai besoin d'en savoir un peu plus sur ce roi téméraire et vainqueur…

— … parce que côté témérité, je n'ai pas encore eu ma dose.

Elle éclata d'un bon rire qui mit en valeur le piercing étincelant qui ornait sa langue comme une perle délicatement cachée au fond d'un coquillage.

La suite ne fut qu'anecdotes plus savoureuses les unes que les autres. Et plus intimes au fur et à mesure que l'après-midi avançait. Leurs discussions durèrent jusqu'à l'heure du diner, qu'ils partagèrent à la crêperie du port.

Roxanne, qui était infirmière, était bavarde. Elle parlait avec passion de son métier, qui donnait du sens à son existence, lui confia-t-elle. Elle économisait sagement la majorité de son salaire. Jusqu'à pouvoir enfin réaliser son rêve, partir au large sur un magnifique voilier, expliquait-elle, des étoiles dans le regard.

Romaric écoutait, subjugué.

Il ne pouvait détacher son regard de ce visage si harmonieux, dont la courbure délicate était soulignée par des cheveux blond coupé très court qui dégageaient un front qui s'animait avec les envolées lyriques de Roxanne.

Ses yeux, vert intense comme les hauts-fonds que la majestueuse quille de son bateau dominerait un jour, bougeaient sans cesse, essayant de s'accrocher à autre chose qu'à ceux de Romaric.

Elle se leva, ivre de cidre, ivre de paroles, ivre de bonheur futur, lui attrapa la main avec autorité et l'embrassa dans le cou avec fougue.

La première nuit qu'ils passèrent ensemble les abandonna exténués au petit matin, heureux et résolument revanchards pour la prochaine.

Les suivantes furent du même tonneau, comme elle s'amusait à le dire.

Jusqu'à ce soir où elle savait qu'il l'abandonnerait à l'aurore.

Elle le laissa s'endormir et ne put trouver comme maigre consolation à sa tristesse que l'envie de retrouver au matin les malades qui comptaient sur elle et le soir ces merveilleux bateaux qui la feraient encore rêver.

Les mois s'écoulèrent, monotones et insipides pour Roxanne, aventureux et palpitants pour Romaric.

Des conversations quotidiennes enflammées derrière l'écran qui les reliait du bout du monde, ils passèrent à quelques courriels par semaine où la passion dévorante des deux amants sombra dans la routine.

Leur relation s'effilocha peu à peu, comme cette bobine sur l'écheveau de la toile de Pénélope qui n'en finissait pas.

L'éloignement pesait de plus en plus à la jeune femme. Il s'écoula trois semaines sans qu'elle eût la moindre nouvelle. Inquiète, elle ne fut qu'à moitié rassurée lorsqu'elle apprit par un simple et lapidaire SMS qu'il était parti en reconnaissances loin de tout.

Elle finit par ne plus avoir aucun contact avec lui et ses correspondances lui revenaient, accompagnées de la terrible mention qu'elles n'avaient pu être délivrées.

L'adresse du destinataire n'existait plus.

Roxanne n'avait personne à qui demander des nouvelles et la chaine d'information dont lui avait parlé Romaric avait fermé l'antenne depuis déjà plusieurs mois.

Son ventre s'arrondissait et il devenait urgent de prendre ou non la décision qui lui trottait dans la tête depuis plusieurs semaines. Elle trancha.

Elle irait le retrouver, coûte que coûte, mélangeant dans cette issue ses deux passions.

Son amant et les flots. Les flots et son amant.

Elle avait acheté un voilier d'occasion, de onze mètres et s'était patiemment formée et entrainée. Mais son état ne lui permettait plus de tenter une telle traversée. Elle réservait cette aventure pour plus tard.

Le « Romaric », puisqu'elle l'avait rebaptisé ainsi, prendrait la mer quand elle reviendrait.

Alors elle loua une cabine sur un cargo hollandais de cent quinze mètres, « Hopen » — l'Espoir — et passa la moitié de la traversée sur le pont supérieur, qui pleuve ou qu'il vente, à regarder la mer, et à partager avec son futur bébé les joies et les terreurs d'une si longue aventure.

Océane naquit un soir de tempête, lorsqu'un creux de quinze mètres emportait dans une glissade interminable le navire agité en tous sens.

Les terribles grincements de la structure en métal qui se tordait sur elle-même couvrirent à peine les cris de délivrance de Roxanne qui se débrouilla presque seule, uniquement secondée par la femme du capitaine.

Dans cet environnement rustre et précaire, les quarante et un jours de traversée entre Le Havre et Sidney lui forgèrent encore un peu plus ce caractère déjà tellement volontaire.

Océane aurait de qui et de quoi tenir.

Elle débarqua un matin de printemps dans le port Botany, un couffin de fortune sous le bras. Et cria du plus fort qu'elle le pouvait :

— Romaric, tu ne perds rien pour attendre…

— Nous arrivons, mon beau salaud !

Elle quittait avec regret toute l'équipe pour laquelle le bébé était devenu un vrai symbole.

Celui d'une traversée merveilleuse au cours de laquelle une jolie petite fille avait vu le jour.

À ce titre, Roxanne pourrait voyager gratuitement toute sa vie à bord de l'immense cargo.

De chaleureuses et émouvantes embrassades émaillèrent son départ. Le capitaine et son épouse, du haut de la passerelle, lui firent un protocolaire salut en guise d'adieu, la larme à l'œil. Même le maitre à bord, qui en avait pourtant vu bien d'autres, y alla de son émotion.

Un rapide passage à l'hôpital de la ville la rassura sur la parfaite santé du nourrisson ainsi que sur la sienne.

Elle en profita pour trouver un emploi temporaire

d'infirmière sur place et vécut quelques mois dans la capitale.

Puis elle partit sur les routes à la recherche de son amour perdu.

Quelques mois plus tard, au détour d'une ruelle du centre-ville de Melbourne, elle aperçut une immense photo d'elle sur laquelle elle souriait à pleines dents.

Comme une réponse à sa gaité, une mouette rieuse s'agitait au-dessus d'elle dans le décor marin du port de Régneville qui inondait l'arrière-plan.

Sous l'image en noir et blanc accrochée à la vitrine, une large banderole annonçait pour le lendemain l'ouverture d'une exposition consacrée aux œuvres du célèbre photographe français Romaric. Pour l'occasion, un espace serait réservé aux écrits du célèbre poète Jean-Pascal.

Elle ne dormit pas de la nuit, son bébé lové dans ses bras protecteurs. Une indicible joie mêlée à une légitime colère et à une terrible appréhension l'accompagnèrent jusqu'au matin.

Elle fut la première à patienter devant le lieu du vernissage, une heure avant l'ouverture.

Océane était agitée, comme si elle sentait quelque chose.

Une limousine se gara juste en face d'elles. En descendit ce qu'elle comprit être un vrai couple.

Romaric tenait Jean-Pascal par la main.

Ce dernier se dandinait précieusement, presque caricaturalement. Un baiser appuyé du premier sur la bouche du second stoppa net l'élan de Roxanne qui allait se jeter dans leurs bras.

Romaric avait grossi, ses cheveux clairsemés et décolorés ne lui allaient pas bien et des lunettes de soleil immenses cachaient la moitié de ce visage qu'elle avait tant aimé et qui paraissait tellement bouffi.

Elle détourna les yeux, serra son bébé à l'étouffer et s'enfuit, anéantie, mais heureuse de savoir que le père de son enfant était toujours vivant.

Godelieve

« Nul ne peut se sentir, à la fois,
responsable et désespéré. »
Antoine de Saint-Exupéry.

Le camping-car du couple hoquetait depuis déjà
plusieurs kilomètres.

Willy, encore plus blanc que d'habitude, hurlait après
Godelieve, sans aucune raison, comme à l'accoutumée.
Celle-ci ne disait rien. Elle savait que ce n'était pas la
peine de se rebeller ou d'émettre un avis qui n'irait pas
dans le même sens.

Elle tourna la tête, s'appuya contre la vitre froide et
serra les dents. Son regard reflétait tout son désespoir.

Depuis combien d'années endurait-elle cette pression
au quotidien ?

Combien de temps encore la supporterait-elle ?

Elle remarqua au loin deux hongres qui galopaient,
crinières au vent. Heureux. Eux. Probablement.

Elle leur sourit comme s'ils pouvaient l'apercevoir.
Elle savait très bien ce qu'il en retournait de ces chevaux
castrés afin d'être plus calmes et plus dociles.

Elle se dit que Willy mériterait bien la même chose.
Ceci lui éviterait beaucoup de ces rages contenues et de
ces douleurs atroces qu'elle ressentait quand il se jetait

sur elle, sans retenue, sans précaution, sans délicatesse, sans amour.

Elle en avait assez. Depuis longtemps. Elle avait bien tenté une fois de s'enfuir. Elle s'était réfugiée chez sa sœur, maladroitement, car c'est là qu'il était venu la chercher en premier. Elle se souvenait encore de la raclée qui s'en était suivie et de ces violences sexuelles qui avaient duré toute la nuit et l'avaient fait souffrir dans sa tête autant que dans son corps. Elle gardait cela pour elle, comme toutes ces femmes battues qui n'osent pas en parler, qui ne veulent pas se confier.
Sans savoir vraiment pourquoi. Par honte ? Par peur ? Par lassitude ?

Le virage à quatre-vingt-dix degrés qui terminait la longue ligne droite approchait. Willy espérait pouvoir l'atteindre avant la panne définitive et l'immobilisation. Il aperçut un espace libre sur la gauche, probablement un parking. Il pourrait s'y garer. Il ne restait que quelques mètres…
Le véhicule stoppa.
En plein milieu de la route.
Willy tapa violemment des deux poings sur le volant et jeta un regard noir sur sa passagère comme si elle en était responsable. Il tourna la clé, coupa l'alimentation, pompa rageusement sur l'accélérateur et tenta de redémarrer.
Une fois, deux fois, trois fois… le moteur repartit, montrant sa désappropriation par une épaisse fumée noire qui envahit l'habitacle. Le camion progressa péniblement sur un filet de gaz. Willy dégagea son pied de la pédale et le véhicule poursuivit son avancée laborieuse sur son élan jusqu'à l'aire de stationnement.

Une profonde saignée fit rebondir sèchement le camping-car et un bruit de vaisselle cassée arriva de l'espace arrière.

— Tu n'as pas rangé les assiettes ? vomit-il à son épouse.

— Décidément tu n'es bonne à rien ! ajouta-t-il, avec son amabilité coutumière.

Godelieve ne releva même pas la réflexion.

Elle était ailleurs, égarée dans ce paysage désolé de prés-salés où quelques moutons et leur progéniture paissaient paisiblement, ne sachant pas ce qui les attendait...

Elle fit immédiatement le parallèle.

Qu'adviendrait-il d'elle ?

Aurait-elle encore longtemps la volonté et la force de supporter cette situation ?

Pourtant, elle ne l'avait pas méritée.

Elle était gentille, conciliante, dévouée même. Depuis sa prime enfance. Depuis qu'elle l'avait rencontré, cette nuit de juin, sur les polders du Flevoland, cette province située sous le niveau de la mer pas très loin d'Amsterdam où elle était née.

Les jeunes de son âge s'y retrouvaient le samedi soir pour y chanter jusqu'à être atones, pour y boire jusqu'à être ivres, pour y danser jusqu'à être épuisés, pour s'y embrasser jusqu'à être asphyxiés.

Puis les autres avaient débarqué de l'obscurité comme une meute de loups attirés par l'odeur de la chair fraîche. Une dizaine de jeunes hommes baraqués comme des joueurs de football américain, le blouson en cuir noir en guise d'uniforme, les santiags aux bouts recourbés recouverts d'acier.

Les foulards sombres cachaient les visages et ne laissaient apparaitre que des yeux qui vous cisaillaient si vous souteniez leurs regards. Une grande partie du groupe s'était dispersée rapidement, craignant l'affrontement.

Tout le monde connaissait cette équipe qui descendait de Lelystad. Réputée dans la région pour son agressivité et sa violence.

Godelieve — la bienaimée de Dieu comme le signifiait son prénom — était déjà ravissante. Sa silhouette était parfaite et son regard bleu gris reflétait toute son innocence et sa bonté.

Elle était blonde comme le sont les blés avant d'être broyés dans un de ces magnifiques moulins à vent.

C'est d'ailleurs à l'intérieur de l'un d'entre eux qu'elle avait succombé pour la première fois de sa jeune vie à Willy, le chef avéré de la bande. Il était imposant. Son visage taillé à la serpe l'avait médusée. Son autorité naturelle l'avait pétrifiée. Elle n'avait pas compris cette attirance soudaine qui s'était petit à petit muée en véritable esclavage. Elle se demandait encore ce qui s'était réellement passé.

Et pourquoi l'amour se transforme-t-il parfois en servitude, en obéissance aveugle au quotidien ?

Furieux d'être tombé en panne, Willy sortit du camion, invectivant la terre entière. Il poussa la portière d'un violent coup de pied dans la garniture, ouvrit le capot et commença son inspection.

Il s'y connaissait en mécanique. Il avait suffisamment trafiqué de véhicules — la plupart volés — pour en maitriser parfaitement le fonctionnement. Il diagnostiqua rapidement le problème. C'était l'alimentation en essence.

Il hurla à sa compagne de lui apporter la boite à outils.

Godelieve ne répondit pas. Willy répéta sa demande, encore plus fort. Il n'y eut aucun écho. Très énervé, il tenta de fixer le capot moteur. Sa manche gauche s'accrocha à une durite. C'est en essayant de s'en dégager qu'il se brula la main sur le radiateur d'eau. Une volée de jurons accompagna un nouvel aboiement.

— Godelieve, nom de Dieu, qu'est-ce que tu fous, je me suis cramé à cause de toi !

— Tu ne perds rien pour attendre…

— J'ai besoin de mes outils et apporte-moi un gant passé sous l'eau froide…

— Grouille-toi ou tu vas déguster…

Son admonestation n'atteignit que lui-même, le laissant pantois devant l'absence de toute réaction. C'était très inhabituel de la part de son épouse.

Il devait en savoir plus.

Il fit le tour du véhicule. Il ne vit personne.

Il grimpa à l'intérieur, il n'y avait personne non plus.

Furieux, il balança à travers la pièce ce qui lui tomba sous la main. Un énorme coussin, tricoté par sa mère et sur la rêche étoffe duquel se pavanaient des tulipes au dessin approximatif, traversa l'espace. Il transperça le tableau représentant ce moulin qui rappelait désormais de mauvais souvenirs à Godelieve. Il y tenait cependant beaucoup. Ceci le mit hors de lui.

Il poussa la fenêtre. La vue, plein sud, était dégagée. Le majestueux panorama de la lande tremblotant sous le vent qui se levait ne lui offrit pas ce qu'il cherchait. Elle s'étendait jusqu'au havre qui se remplissait ; ceci le laissa de glace.

Il devait d'abord retrouver Godelieve.

Excédé par son attitude, il hurla un dernier :

— T'as intérêt à te pointer…, qui s'évanouit dans les bourrasques gelées qui montaient du nord.

Godelieve s'était réfugiée à l'abri d'une légère dune qui l'isolait du camping-car.

Pendant que Willy fouillait dans le moteur, elle avait chaussé les baskets avec lesquelles elle effectuait ses longues promenades solitaires puis avait discrètement ouvert la porte.

Courbée en deux, elle avait tout d'abord longé le côté opposé du véhicule. Certaine qu'il ne l'avait pas vue, elle avait accéléré le pas puis avait couru le plus vite qu'elle le pouvait. Elle savait se ménager et travailler sa respiration afin de ne pas être asphyxiée dans cette course à perdre haleine.

Elle fit une pause, presque prostrée, le regard fixé vers son objectif.

Elle ne pouvait se détacher du magnifique cheval qu'elle avait aperçu gambader quelques moments auparavant.

Il était différent des autres. Sous l'effet conjugué de la sueur générée par les efforts et des reflets du soleil couchant, sa robe variait du beige le plus clair au marron le plus sombre. La queue, longue et ondulante, était d'un noir prononcé, tout comme le bas des pattes, terminées par des sabots blancs. Elle s'amusa à penser qu'il chaussait les mêmes chaussures qu'elle.

L'animal l'avait attentivement regardée lors de ses délicates enjambées. Il s'arrêta, huma l'air, se retourna et lui sourit, découvrant une dentition parfaite.

Elle retrouvait cette sensation de profonde connivence qu'elle avait dans sa jeunesse lorsqu'elle montait son alezan.

Passionnée d'équitation, elle avait beaucoup pratiqué le saut d'obstacle. À seize ans, une chute sévère et des études prenantes l'avaient éloignée des carrières et des parcours.

Elle n'était pas particulièrement douée, mais cet amour pour les chevaux la transportait. Ceux-ci le lui rendaient bien. Ils l'adoraient.

Elle avait une capacité unique à communiquer avec eux. Elle étonnait ainsi ses professeurs et ses amis cavaliers, quand le comportement des bêtes changeait lorsqu'elle était à proximité. Ils se regardaient dans les yeux et se parlaient dans un dialogue abscons qu'eux seuls maitrisaient.

Quand le majestueux hongre se rapprocha d'elle, elle ressentit la même excitation qu'auparavant. Elle se leva, vérifia que Willy ne pouvait pas l'apercevoir et colla son visage contre celui de l'animal.

Il hennit faiblement, dans une espèce de dialecte d'amoureux retrouvant une maitresse disparue. La chaleur du souffle des naseaux vint réveiller cet instinct qui la faisait se sentir bien avec les animaux. Elle essuya les larmes qui trempaient ses yeux clairs avec la crinière douce qui exhalait l'air frais du soir et les embruns remontés tout d'un coup de la mer.

Elle s'y plongea.

Elle commençait à ne plus faire qu'une avec la bête.

Elle lui caressa les épaules comme si elles étaient les siennes, parcourut l'encolure avec délicatesse puis se dévêtit entièrement. Montée à cru sur son dos, elle serra avec force les flancs, calée dans les reins. Malgré l'heure tardive et la température qui baissait, elle n'avait pas froid.

Elle était agitée de vagues successives de plaisir qu'elle partageait avec son compagnon.

Cette idée vengeresse qui ne la quittait plus revint avec force. Elle susurra à sa monture quelques mots pour lui expliquer. Puis elle siffla de cette manière si particulière que, petite, elle utilisait pour rappeler les chevaux au box. Ainsi, ils lui obéissaient sans qu'elle ait à faire le moindre effort.

Le deuxième hongre arriva.

Il était râblé, court sur pattes et très agité. Elle lui murmura aux oreilles dressées ce qu'elle avait déjà proposé à l'autre.

Ils partirent à bride abattue droit devant, fiers, riant largement à l'unisson comme de vieux complices, le premier traçant la route avec sa cavalière magnifique, les bras enroulés autour de son encolure à l'en étouffer.

Willy s'était détendu. Finalement, la disparition de sa femme lui ménageait un peu de calme.

Comme à son habitude, il s'était mis à l'abri dans le camping-car et avait ouvert sa bouteille de schnaps. Elle ne le quittait pas. Cette saloperie dont il ne pouvait pas se passer depuis toutes ces années et qui le rendait si irritable, si vulgaire, si violent.

Après plusieurs généreuses rasades, il se produisit ce qui se produisait toujours dans ces cas-là. D'incontrôlables tremblements le parcouraient jusque dans la tête qu'il se serrait pour mieux maitriser ses mouvements.

Une énorme bouffée de chaleur monta en lui et il dut sortir précipitamment pour prendre l'air. Il était en train d'étouffer et se sentait happé dans cette spirale névrotique angoissante. Il la connaissait si bien. Elle finirait par l'achever un de ces sales jours d'ivresse.

Il descendit les trois marches métalliques en titubant et se retrouva, délivré, en plein vent.

Il avança sur quelques mètres, rota d'une affreuse façon, défit sa braguette pour se soulager et hurla une nouvelle fois du plus fort qu'il le pouvait à l'intention de sa femme disparue :

— Tu vas revenir, espèce de salope…

Le dernier mot resta coincé dans sa gorge sous la violence du choc.

— Me voilà, connard !

Le coup fut terrible. Mat et terrifiant.

Le premier cheval le heurta de plein fouet et le projeta brutalement à terre.

Willy eut juste le temps de reconnaitre cette magnifique femme complètement nue à l'abondante chevelure blonde qui battait en mesure les galops de l'animal avant la salve suivante.

Le deuxième, qui lui succéda de près, lui passa sur le corps, le martela de ses sabots durs et tranchants qui lui fracassèrent le crâne, ne lui laissant aucune chance de survivre.

Godelieve ne se retourna même pas, enlacée au poitrail de l'animal.

Elle s'occuperait des détails plus tard…

Le lendemain, Charles Lequinnois, ostréiculteur de son état, se rendait en tracteur sur son exploitation. Quelques volutes de fumée au bout de la longue ligne droite l'alertèrent.

Dans cette zone protégée, il était interdit de faire des feux. Cela ne lui disait rien qui vaille.

En arrivant sur le parking, il découvrit les restes calcinés de ce qui avait dû être un camping-car. Quant aux locataires, l'enquête conclut plus tard qu'ils avaient péri dans l'incendie.

Le surlendemain, Edgard Lefour, éleveur de son état, porta plainte au commissariat local pour le vol de deux de ses plus beaux chevaux, Libéré et Délivré, deux hongres particulièrement intelligents qu'on ne revit jamais.

Marius

— Salaud, espèce de salaud, arrête-toi. Si je
t'attrape, ça va être ta fête…

Marius criait autant qu'il le pouvait.

Hors de lui, il surgit en furie de son magasin, en
passa le seuil sans faire attention et se prit les pieds dans
ceux du portant qui étaient aiguisés comme des
couperets. Il s'entailla largement le gros orteil droit, mal
protégé par les nu-pieds qu'il arborait dès qu'un maigre
rayon de soleil pouvait les justifier.

Il hurla. La douleur vint d'un coup, à peine noyée
dans le jet de sang qui s'écoulait généreusement de la
profonde coupure.

Il s'affala de tout son long, ridicule, empêtré dans les
cintres, et se retrouva sous un amoncèlement de
vêtements.

Sa tête heurta le sol et sa jambe gauche prit un angle
qui n'avait rien de naturel. Il hurla de nouveau.

Le voleur était déjà loin, emportant avec lui un pull
marin de qualité, un blouson en polaire qui valait une
belle somme, plusieurs bonnets en laine et trois chemises

à carreaux de la dernière collection.

La saison commençait bien□; une perte sèche de plusieurs centaines d'euros, une large entaille qui l'empêcherait de marcher normalement pendant plusieurs jours et de nombreux hématomes aux genoux, aux coudes, aux mains et au visage.

Il pensa immédiatement à la prochaine sortie en mer avec ses copains.

Tous les premiers et troisièmes lundis de chaque mois, ils allaient pêcher le bar entre hommes dans les iles anglo-normandes, se régalant de bonnes bières et de blagues aussi grasses que les charcutailles que leur généreux ami boucher offrait pour l'occasion.

Il ne pourrait même pas y participer. Il en était furieux.

Il se releva difficilement, pesta contre la terre entière et disparut pour aller se soigner dans l'arrière-boutique.

La caméra de surveillance avait probablement tout enregistré, il voulait s'en assurer. Sur le film qui défilait sur l'écran de son ordinateur, on discernait parfaitement le visage du malfrat qu'il n'avait pas pu distinguer clairement lors du vol, occupé à gérer les entrées en stock.

— Ah, merde□! s'écria-t-il pendant qu'il se pansait le pied.

— Ce n'est pas possible□! pas lui !

Laurette, sa jolie vendeuse, arriva affolée par tout le tintamarre qu'avait généré l'incident. Elle revenait de pause et la nouvelle avait déjà fait le tour de la place, colportée et bien évidemment amplifiée de boutique en boutique.

Selon la rumeur publique, Marius avait été laissé pour mort devant sa vitrine, victime d'une terrible agression pendant laquelle on lui avait sectionné un pied et cassé une jambe. Il avait été abandonné, empêtré dans les portants d'exposition qui lui avaient perforé les poumons.

Laurette, angoissée, suivit les traces de sang et le trouva, bien vivant, dans l'arrière-boutique, affalé sur le petit bureau où il faisait habituellement les comptes. Réconfortée, elle entreprit de le soigner et commença à l'interroger.

Marius éteignit l'ordinateur et se tourna vers elle. Il était blême.

— Saloperie de matériel. La caméra n'a pas bien fonctionné et la vidéo est illisible. Je savais bien qu'il fallait y mettre le prix.

— Bien fait pour moi.

— La prochaine fois, je m'équiperai sérieusement, dit-il d'une voix fatiguée à l'intention de Laurette.

Pour couronner le tout, le trottoir était en travaux, l'enrobé devant être égalisé. De nombreux morceaux de goudron frais s'étaient incrustés dans les plaies.

Laurette les retira délicatement et les nettoya.

À chaque intervention de la pince à épiler pourtant manipulée avec légèreté par l'infirmière improvisée, Marius geignait comme un animal blessé dont on sonnait l'hallali.

Laurette retrouvait les gestes précis, doux et attentionnés qu'elle avait toujours eus pour lui quand ils étaient amants dans cet étroit réduit, partageant passion et adultère à même le sol. Le souvenir subsistait, fortement ancré.

Elle en frissonna.

Marius la connaissait et savait ce que cette émotion signifiait. Il la regarda tendrement, impuissant comme l'amoureux transi qu'il avait été la première fois et lui fit comprendre que ce genre de relation n'était plus d'actualité. Il en avait suffisamment souffert lorsque son épouse avait tout découvert de ses infidélités et l'avait quitté.

Il s'allongea sur la pile de pulls marins, perclus de douleurs et furieux d'avoir subi un nouveau chapardage.

Il avait reconnu le voleur et en était tout retourné.

Se faire agresser par le propre fils de son employée l'avait profondément choqué.

Bien sûr, il savait que celui-ci n'avait pas digéré la relation qu'il avait eue avec sa mère.

L'adolescent l'avait très mal vécu, refusant tout dialogue, l'ignorant dédaigneusement lorsqu'il le croisait, l'insultant même parfois. Alors que tout le village se régalait de cette amourette entre un homme de cinquante-cinq ans et une gamine de vingt ans sa cadette.

Mais, quand même, est-ce que cela pouvait justifier une telle attitude, prendre autant de risques alors que Marius lui avait récemment expliqué qu'il cessait toute relation amoureuse avec sa mère ?

Que pouvait-il décider à son encontre ?

En parler à Laurette ?

Marius trancha. Il reportait son choix et confia la boutique à sa vendeuse sans rien lui dire.

Enfoui dans l'épaisseur moelleuse des vêtements, il s'endormit, épuisé par l'incident.

Un bar énorme, qui devait mesurer plus d'un mètre quatre-vingt et peser dans les cinquante kilos, fit miroiter son imposante silhouette dans les eaux calmes de la crique où Marius avait amarré son bateau.

Quel spécimen ! Il n'avait jamais vu un tel poisson, un monstre aussi peu rassurant. S'il lui prenait la fantaisie de foncer tête baissée vers l'embarcation, il n'en resterait pas grand-chose.

Pêcheur expérimenté, son succès personnel s'établissait à soixante centimètres et un peu plus de cinq kilos. S'il arrivait à capturer ce phénomène, il serait au moins champion du monde, et figurerait dans le livre de records. Une belle revanche dans sa vie pas très excitante.

Prenant mille précautions pour ne pas l'affoler, il commença à manœuvrer avec prudence.

À quelques mètres de lui, il stoppa.

Il s'arracha alors un bon bout de la chair tuméfiée qui pendait de son pied gauche. Ceci lui servirait d'appât. Il le fixa au bout du cintre recourbé en métal sur lequel il avait précédemment accroché un blouson en promotion. Ceci ferait un bon hameçon.

Puis il attacha une des extrémités d'une bobine de fil autour de son bras gonflé par le choc lors de sa chute, l'autre retenait le crochet.

Il lança le leurre vers sa cible et attendit.

L'effet fut immédiat. Le monstre s'en empara et tourna sa gueule immonde vers le pêcheur, grande ouverte, le barbillon du cintre fiché dans l'épaisseur de la lèvre visqueuse supérieure de l'animal.

Marius pouvait apercevoir deux terribles rangées de dents acérées comme ses portants

Il allait se faire dévorer.

Pétrifié par la peur, il reconnut immédiatement le visage ingrat du fils de Laurette.

Les yeux vitreux et la bouche tordue de l'adolescent devenu poiscaille le menaçaient. Il était sardonique. Effrayant.

Le poisson fonça vers lui plus rapidement qu'il ne l'escomptait. Il s'enroula le fil autour du bras à toute vitesse, afin de pouvoir correctement ferrer le monstre.

Son épouse, étrangement à ses côtés, le regardait méchamment, lascivement allongée dans le fond du bateau.

Elle était livide, transparente, presque liquide. Marius lui trouva une forte mauvaise mine.

Elle se moqua de lui :

— Sale pêcheur, tu vas être puni par là où tu as fauté...

— Il va te dévorer le sexe, ce n'est que justice !

— Un juste retour des choses...

Une mouette gracile arriva et se posa délicatement sur le rebord de la coque, juste à côté de Marius.

C'était bien la première fois qu'il voyait un oiseau à tête humaine. Elle ressemblait furieusement à Laurette. Toujours complaisante, toujours douce, toujours souriante.

— Parle-lui gentiment, redis-lui qu'entre nous c'est fini, lui murmura-t-elle.

Elle s'envola et commença à tournoyer au-dessus de l'embarcation, ne voulant pas se mêler de la suite des évènements.

Le poisson géant s'arrêta à quelques mètres du bateau et lui recracha l'hameçon à la figure avec une force inouïe. Le crochet se ficha dans sa lèvre inférieure. Impossible de s'en débarrasser.

Le bar tirait de son côté, augmentant la profonde entaille qui lui déchirait désormais la joue.

Le sang coulait abondamment et remplissait maintenant le fond du bateau.

Marius commençait à se noyer, ne pouvant plus bouger, empêtré dans les mailles d'un filet qu'il utilisait pour pêcher à la traine.

Sa femme avait disparu, le laissant seul face à ce destin terrible ; s'étouffer dans son propre sang.

Elle avait sauté par-dessus bord pour rejoindre un banc de poissons amis avec lesquels elle papotait désormais gentiment. Marius l'avait bien suppliée de l'aider, mais le son qui sortait de son restant de bouche n'était qu'une suite de borborygmes.

Le bar grimpa à bord et s'assit en face de lui, mal à l'aise sur son immense queue.

Il se redressa, arrogant.

— Alors, Ducon, on fait moins le malin maintenant !

Ce disant, il lui happa la jambe gauche et la dévora. Curieusement, Marius n'eut pas très mal.

— Tu vas laisser ma mère tranquille désormais…

— Elle est triste et déprimée depuis qu'elle te connait…

— Je veux qu'elle redevienne gaie et chantante. Comme avant. Et avec quelqu'un de son âge. Pas un vieux comme toi…

Il lui croqua l'avant-bras.

La mouette tournicotait. Effrayée et inquiète.

— Émile, ne le finis pas, tout de même ! adressa-t-elle à son fils.

Celui-ci allait s'attaquer à la partie la plus sensible de sa proie quand deux homards rébarbatifs, portant casquettes et uniformes, surgirent brusquement, toutes pinces dehors pour stopper l'assaut et secourir le malheureux.

Malgré son imposante carrure, Émile réussit à s'échapper. Il sauta par-dessus bord, dessina un arc majestueux et arracha au passage la moitié du cuir chevelu du pêcheur avec son arête dorsale.

Celui-ci était défiguré, blanc comme l'écume qui décorait le haut des vagues. Le sang continuait de couler, débordant de partout, teintant la mer...

— Vous voulez porter plainte ? déclara un des deux crustacés, celui qui possédait le plus grand appendice.

Marius ressentit le pincement insistant de la tenaille du policier sur son bras.

Il émergea de sa courte sieste.

Laurette lui serrait la peau depuis quelques minutes pour le sortir de son sommeil.

La voix grave et autoritaire du brigadier Pierre lui redemanda :

— Vous voulez porter plainte ?

Désorienté, la surprise fut telle qu'il dégringola de la pile sur laquelle il s'était allongé, martyrisant un peu plus ses membres déjà douloureux.

— Euh, non, pas pour le moment, répondit-il, hésitant.

Ils remplirent pour la forme quelques papiers administratifs afin de clore le dossier et lui conseillèrent de consulter les urgences puis d'aller se reposer.

Marius acquiesça. C'était la meilleure décision.

— Vous avez raison, j'y vais de ce pas.

— Je vais prendre l'air, je peux marcher jusque chez moi.

Il embrassa gentiment Laurette dans le cou, non sans avoir vérifié qu'aucun témoin ne rôdait dans les parages. Elle minauda pour la forme avant d'accepter.

Elle s'occuperait seule de la boutique pendant la durée nécessaire à son rétablissement.

Claudiquant, il se dirigea vers le bas du village pour rentrer chez lui. Il passa devant la large vitrine de la poissonnerie et salua son propriétaire Samou.

Celui-ci, après avoir pris de ses nouvelles, lui proposa pour le consoler un bel exemplaire de bar pour son midi.

— Pas de bar pour aujourd'hui, lui dit-il, l'air sévère et contrarié !

Marius allait beaucoup mieux. Les coupures étaient superficielles et les douleurs s'estompaient.

Seul un inharmonieux camaïeu de bleu, de vert et de marron agrémentait une large part de son visage et de son corps et rappelait son aventure.

Il passait une fois par jour au magasin pour saluer Laurette et s'assurer que tout allait bien. Quelques instants seulement, pour ne pas empiéter sur les responsabilités qu'il lui avait confiées.

Il se reposait. Enfin. Lui qui travaillait d'arrachepied plus de dix heures par jour, sept jours sur sept depuis si longtemps.

Cette nuit-là, il se leva vers six heures et s'enfonça discrètement dans la brume matinale.

Il longea la digue jusqu'à son extrémité sud, se délectant du spectacle renouvelé de cette mer qu'il adorait.

Elle était haute, rageuse. Elle frappait avec violence les enrochements noyés dans le brouillard qui dessinaient comme une muraille grise. Si triste, si infranchissable et si fragile aussi devant tant d'autorité.

Le soleil allait se lever, il fallait se presser.

Arrivé à son objectif, il débrancha le câble d'alimentation en essence du scooter et entailla profondément le pneu avant avec son opinel.

Il connaissait par cœur la maison pour l'avoir si souvent fréquentée et il savait exactement où Émile garait son deux-roues.

Il se tapit dans l'ombre de l'entrée et attendit patiemment que l'adolescent sorte de chez lui.

Émile se penchait pour enfiler son casque quand deux

bras puissants l'entourèrent et l'immobilisèrent. Une voix venue d'outre-tombe lui murmura :

— Bonjour, Émile, je t'emmène pêcher le bar...

Le voyage fut de courte durée.

Ce jour-là, Émile rata un contrôle de mathématiques, mais apprit à nager.

Ou plutôt à survivre.

Attaché au bateau de Marius comme un vulgaire appât par une solide corde d'une dizaine de mètres, il fut trainé jusqu'à ce qu'il n'en puisse plus.

À bout de souffle et les poumons gorgés d'eau de mer, il remonta à bord péniblement, suppliant son bourreau d'abréger la punition.

Marius l'absolut alors de ses rapines en échange de son silence.

Isidore

« Le coupable est celui à qui le crime profite. »
Sénèque.

La lumière faiblarde et tremblotante des deux gros phares du tracteur éclairait à peine la rampe.

Le véhicule l'avait déjà empruntée une heure auparavant dans l'autre sens pour mener à bien le travail routinier d'entretien des tables à huitres.

La côte était glissante, mélangeant sable, gravillons, embruns et traces de gas-oil. Parfois, les roues arrière patinaient et semblaient renoncer. Mais l'engin repartait de plus belle et ramenait toujours ses passagers à leur destination.

Ce soir-là, Isidore Percechou était seul à bord. Ce labeur répétitif, même s'il se déroulait dans l'eau glacée et à la nuit tombée à cause de la marée, ne nécessitait pas qu'il fasse appel à ses ouvriers. Il leur avait donné congé.

La plage était déserte, les deux restaurants qui la bordaient étaient clos. Le premier pour fermeture annuelle, le deuxième par manque d'affluence à cette période.

Tout d'un coup, la remorque s'échina étrangement et freina les efforts du vieux tracteur qui hésita plus qu'à son habitude. Pourtant, elle était presque vide.

Seuls quelques outils, des sacs éventrés nécessitant une réparation et deux poteaux de fer l'encombraient.

Isidore stoppa en plein milieu de la côte.

Il alluma une cigarette. La dernière de la soirée, se dit-il, lui qui s'était promis de cesser de fumer il y avait déjà plusieurs mois. La température avoisinait seulement cinq ou six degrés et il trouva dans ces bouffées comme un léger réconfort.

Il remit ses bottes humides et glacées, enfonça son bonnet jusqu'à couvrir les sourcils, remonta la fermeture éclair de son épais pull en laine et enfila ses gants.

Il tourna la clé de contact pour arrêter le moteur diésel, serra au maximum le frein à main puis descendit du véhicule, peinant comme à chaque fois qu'il devait se servir de cette fichue jambe droite qui le martyrisait. Elle était passée sous les roues du tracteur précédent, lui léguant pour la vie les cruelles douleurs d'un membre concassé et rafistolé tant bien que mal.

La lune, presque pleine et de bonne volonté, éclairait suffisamment pour qu'il n'ait pas besoin d'allumer la lampe de secours qu'il portait en permanence. Quelques timides vaguelettes striaient les reflets de l'astre gibbeux.

Isidore longea prudemment la remorque, s'accrochant à la corde qui l'entourait.

À l'arrière de l'attelage, au crochet qui servait aux dépannages, un épais câble verdâtre s'était enroulé, l'enserrant solidement. Il pendillait ensuite dans l'eau qui avait ennoyé le luisant. Il tira sur le cordage qui ne bougea pas d'un centimètre.

Redoublant d'efforts, il hurla quand une filasse traversa le gant et s'enfonça si profondément sous un ongle qu'il faillit défaillir.

Retirant sa protection, une perle de sang apparut,

anodine. Il pressa fortement pour faire sortir les mauvaises choses, comme il aimait à le dire quand il se blessait.

Il cracha alors sa cigarette qui commençait à lui bruler les lèvres et une bordée de jurons, dont il était un grand spécialiste, ricocha sur l'étendue calme.

— Bordel de bordel de chiasse de galipe de fil de fer... déclama-t-il rageusement.

— Espèce de petite quéquette, je vais te mater, se contenta-t-il d'ajouter.

De ses deux mains de nouveau gantées, il saisit le câble avec précaution et descendit le long. C'était une petite marée et comme le niveau n'était pas très élevé il était dans l'eau seulement jusqu'aux chevilles. Il fit encore quelques mètres.

Le filin était complètement immergé, raclant le sol.

Il retenait un gros paquet. Il tâta le volume et il lui sembla reconnaitre une matière plastique similaire à celle des sacs-poubelle. Elle était solide, difficile à déchirer, et poisseuse.

Il lui aurait au moins fallu son couteau. Malheureusement, il l'avait laissé dans la cabine.

Il tourna autour de la forme indéfinissable dont le contenu paraissait passablement mou. Au bout de celle-ci, le fil de fer, dénudé de la gaine protectrice qui le recouvrait jusqu'à présent, continuait. Il était tendu à l'extrême.

Isidore poussa plus loin.

Deux ou trois mètres plus bas, un deuxième sac, similaire dans l'apparence, mais plus petit en volume, était lui aussi emmêlé inextricablement.

Il tira comme un forcené sur celui-ci, réussit à le déplacer légèrement, et finit par apercevoir quelques dizaines de centimètres après un gros bloc irrégulier qui semblait être en ciment. C'était lui qui immobilisait le tout et avait fait peiner le moteur dans son ascension.

S'il arrivait à détacher le filin de l'anneau incrusté dans la masse, il pourrait de nouveau manœuvrer à son aise et remonter les sacs jusque sur la berge pour en connaitre le contenu.

L'eau, lors d'un profond ressac, était rentrée à l'intérieur de ses bottes. Le crachin s'était brusquement amplifié et s'immisçait partout. Trempé de la tête aux pieds, il frissonnait et était parcouru de tremblements convulsifs, dus autant à la température qu'au stress qui montait inexorablement.

Il avait peur de sa découverte. Ce genre de situation lui rappelait un film très noir qui se terminait mal et qui l'avait marqué quelques années auparavant.

Qu'allait-il — ou qu'allait-on dévoiler s'il sollicitait l'aide de quelqu'un — dans ces poches sombres et luisantes au clair de lune ?

Isidore avait horreur de l'imprévu. Face à lui-même, déboussolé, désemparé, il restait pétrifié dans l'air glacé, ne sachant pas comment réagir.

Était-ce à lui de s'en occuper ou devait-il prévenir quelqu'un ?

Si oui, la police ?

Son associé ?

Son épouse ?

Son fils ?

La première hypothèse n'était pas terrible.

On lui poserait des questions et il n'avait pas trop envie d'y répondre. Ses affaires n'étaient pas toujours très claires et son passé de délinquant ne plaidait pas en sa faveur.

Il aurait surement à faire à Jean Lecroutier, l'envahissant agent de police de la commune qui ne manquait jamais une occasion de le rappeler à l'ordre et de lui coller des amendes. Toujours sous de fallacieux prétextes qu'il ne pouvait malheureusement pas contester.

Amis de jeunesse, ils avaient été concurrents quand il s'était agi de séduire Henriette, celle qui était devenue l'épouse d'Isidore, après de nombreuses hésitations de part et d'autre.

Jean l'avait mal vécu et avait profité des premières incartades de son ancien camarade pour le coffrer. Invariablement soupçonneux à son égard, il le surveillait continuellement.

La deuxième solution n'était pas non plus exceptionnelle.

Vincent Lhermite lui dirait de se débrouiller seul, probablement occupé dans les bras d'une nouvelle plantureuse maîtresse.

Dix années déjà qu'ils collaboraient, ou plutôt qu'ils se supportaient. Tout n'était pas rose entre eux et le quotidien s'en ressentait. Leurs relations étaient difficiles, voire tendues. Ils n'ignoraient rien de leur passé respectif.

Leurs magouilles étaient devenues au fil du temps un moyen de pression réciproque. Ils ne se fréquentaient plus qu'épisodiquement dans une sorte de fragile équilibre malsain.

Isidore devait à Vincent une somme significative qu'il avait perdue au poker et qu'il avait ensuite fort peu discrètement soutirée de la caisse de l'entreprise.

La troisième éventualité, il voulait l'éviter.

Elle lui en voudrait de l'avoir dérangée en pleine nuit et elle préviendrait évidemment tout le voisinage qui rappliquerait dans le quart d'heure. Des ennuis en perspective et des palabres sans fin sur la décision qu'il faudrait prendre.

Il ne la connaissait que trop bien. Leur couple partait à vau-l'eau depuis déjà de nombreuses années. Agressivité et mauvaise foi faisaient partie de leur quotidien. Henriette les maniait avec dextérité à l'encontre de son époux, accompagnés d'une humeur qu'elle maintenait détestable.

Elle rabâchait qu'elle avait fait le mauvais choix et qu'elle regrettait de ne pas être partie avec Jean Lecroutier. Elle lui reprochait de même ce fils qu'il avait eu avant de la connaitre et qu'elle avait dû élever comme le sien. Sans avoir été capable d'ailleurs, de réussir à lui en faire un.

Il passa rapidement au dernier choix.

Celui-ci représentait à ses yeux la meilleure possibilité. Son fils Charly saurait rester discret.

C'était un sacré garnement, à l'image de son père. Haltérophile reconnu, ancien parachutiste, solide gaillard rompu aux exercices réclamant de la force à défaut d'intelligence, il l'aiderait volontiers. Il prit la décision de l'appeler et fouilla dans ses poches.

Ses doigts étaient engourdis et il eut du mal à attraper son téléphone dans le fond de son ciré. Il réussit malgré tout à s'en saisir et lorsqu'il le porta à son oreille, celui-ci lui glissa des mains et tomba dans l'eau. C'était trop tard pour le rattraper. Il avait disparu, entrainé par les tourbillons du courant.

Une nouvelle bordée de jurons bien choisis ricocha jusqu'aux iles anglo-normandes.

Isidore, vexé et furieux de sa maladresse, remonta jusqu'au tracteur pour aller chercher la grande pince dans la cabine. Elle lui servait principalement à séparer les poches d'huitres abimées par le ressac des tables sur lesquelles elles reposaient. Il espérait qu'elle suffise pour couper le câble, détacher les deux sacs de leur emprise et les libérer.

Il retira ses chaussettes, en enfila une paire de rechange parfaitement sèche, endossa un pull supplémentaire, alluma une cigarette et, s'armant de courage et d'abnégation, retourna derrière la remorque.

Le deuxième sac avait bougé, lui sembla-t-il. Sur au moins un mètre. Plus léger que l'autre, il avait roulé sur lui-même.

Arrivé à hauteur du bloc immergé, il se saisit de la pince et entreprit de sectionner l'attache. Elle résista et il dut s'y employer à plusieurs reprises, coupant chaque filament retors un par un.

Il faisait de plus en plus froid et pourtant la sueur perlait généreusement sous son épais bonnet, inondant ses yeux qui le brulaient. Les violents efforts se conjuguaient à une terrible appréhension.

Les deux sacs ainsi libérés commencèrent à se balancer sous l'effet des courants.

Le petit s'agitait beaucoup.

Le grand ballotait à peine. Sa masse imposante augurait d'un contenu lourd et volumineux.

Isidore, presque soulagé, remonta la pente grasse en trainant la patte. Il s'assit, épuisé, sur le siège à ressorts et redémarra le moteur qui hoqueta plusieurs fois, s'échinant à trouver vigueur et rythme. Après trois essais, la machine s'élança et remorqua l'attelage jusqu'au plat.

Le nez collé contre le rétroviseur, le pêcheur constata avec bonheur que tout se passait désormais bien et qu'il était enfin tiré d'affaire.

Les sacs suivaient, l'un derrière l'autre, se balançant au gré des à-coups de la machine.

Il dépassa le haut de la côte et stoppa sous l'unique réverbère qui éclairait le parking déserté.

Isidore attrapa son large opinel, en défit l'arrêt et en contrôla le tranchant avec son pouce. La lame brillait, étincelante et menaçante pour ce qu'elle allait enfin dévoiler.

Après avoir soigneusement inspecté les alentours pour s'assurer qu'il était seul, il s'approcha de la plus petite des poches.

Elle ressemblait à ces sacs très épais qui servent à transporter des gravats, résistants et rudes aux épreuves.

Il la fendit du haut en bas avec mille précautions pour ne pas en endommager le contenu.

Le cadavre d'une femme s'en échappa, ne livrant son faciès que quand Isidore la tira par l'épaule pour la faire pivoter.

La surprise et l'horreur le tétanisèrent sur place. La respiration bloquée, il était incapable de crier. Il aurait bien voulu, mais aucun son ne sortait de sa gorge.

Le corps sans vie n'était pas abimé. Il avait été soigneusement enveloppé, presque avec délicatesse, parfaitement protégé des agressions marines.

La gaité figée de la défunte lui fit un drôle d'effet. Cela faisait un bon moment qu'il n'avait pas vu sourire ainsi Henriette, son épouse acariâtre…

Sincèrement désolé pour elle, il se sentait en même temps honteusement soulagé.

Libéré fut la première réflexion qui lui vint à l'esprit.

Ayant retrouvé son souffle après cette macabre découverte, il se dirigea vers le second paquet.

Le même cérémonial le conduisit à mettre à la lumière aussi blafarde que les visages des victimes, deux corps disposés l'un sur l'autre, leur garantissant ainsi un repos éternel dans une position quelque peu équivoque.

Il s'y reprit à plusieurs fois pour retourner le plus imposant, celui du dessus. Il plaignit le deuxième, qui avait dû passer un certain temps écrasé sans ménagement par son compagnon d'infortune.

Un rictus désespéré soulignait une mine défaite. C'était celle, triste et sévère, d'un fonctionnaire de police trop zélé. Jean Lecroutier avait perdu la vie, et gisait, pitoyable, devant Isidore qui ignorait encore comment il avait été trucidé. Mais il avait perdu la vie, et c'était bien là l'essentiel.

Quant au fardeau qui l'écrabouillait, parfaitement rétamé lui aussi, il reconnut dans l'instant, et sans l'ombre d'un doute, le costume à rayures voyant et impeccablement conservé de Vincent Lhermite. Celui qui était désormais son ex-associé.

Se sentant enfin libre, il poussa un à un les trois corps du haut de la rambarde.

Le bruit mat et feutré des masses qui s'écrasaient trois mètres plus bas sur le sable humide lui fit presque plaisir. Ils seraient emportés par la marée dans les heures qui suivaient et iraient embêter les coquillages et crustacés plutôt que les humains.

Ces terribles bulots n'en feraient qu'une bouchée.

On ne revit jamais les corps. Une minutieuse enquête conclut à un non-lieu. Isidore, principal suspect dans cette sordide affaire de triple disparition, sortit libre de sa longue garde à vue.

Lui-même se demanda longtemps qui avait pu lui rendre autant service.

Son fils Charly s'engagea dans la Légion étrangère et rompit les ponts avec son père.

Par discrétion.

Il porte toujours sur son visage buriné de baroudeur les cicatrices marquées des profondes griffures infligées par ses trois victimes quand elles se débattirent.

Élisa, Saïd et Henriette

« Il n'y a d'intérêt à vivre que si on se dévoue pour des
choses qui vous dépassent.
Ne se consacrer qu'à sa propre personne
serait terriblement décevant. »
Maurice Druon

Élisa finissait d'agencer son présentoir dans ce salon
des jeunes créateurs quand elle reçut une goutte d'eau
glacée dans le cou.

Celle-ci suivit le parcours de sa veine jugulaire
jusque dans l'échancrure arrière de son pull en grosse
laine. Elle frissonna puis ressentit comme une légère
excitation qui lui redonna du courage.

Concentrée sur son travail, elle n'y accorda aucune
autre attention particulière.

Quoi de plus normal qu'un peu d'humidité dans cette
église froide aux murs suintants ?

Elle accrochait les derniers porteclés qu'elle avait
reçus de son fournisseur la veille au soir, en express,
juste à temps pour les proposer aujourd'hui.

C'est elle qui les avait dessinés, laissant vagabonder
son imagination. Les couleurs étaient contrastées et gaies
et les formes généreuses.

Elle avait voulu représenter un bestiaire d'animaux
domestiques dont elle avait exagéré une caractéristique

physique marquante pour chacun d'entre eux. Ainsi le coq arborait une crête aussi haute que son corps, le cheval des pattes immenses, le chat des moustaches démesurées et le renard une queue en panache extraordinaire.

Ses créations se vendaient bien. Déjà plus de cent lors de la première journée. Le stock avait été épuisé en quelques heures ; elle avait raté des opportunités et s'en voulait.

L'affluence dominicale d'aujourd'hui serait probablement conséquente et elle espérait que le résultat serait du même niveau.

Mieux que les foulards en soie qui n'avaient pas un grand succès. Ils lui avaient couté cher en fabrication et le rendu n'était pas exceptionnel. Elle les solderait en fin de journée si c'était nécessaire.

Il lui était absolument crucial d'augmenter le chiffre d'affaires, car les marges n'étaient pas terribles et les temps difficiles.

Son bébé de six mois n'attendait pas pour réclamer sa bouillie. De plus, la moitié de la recette partirait comme d'habitude à l'association qu'elle avait montée avec une amie et qui tentait d'aider les jeunes filles mères.

Quant à elle, elle jeunerait. Ou presque. Comme souvent. Elle était devenue maigre, presque souffreteuse. Son visage était émacié et elle avait une allure d'adolescente anorexique. Elle qui avait été si attirante et si joyeuse lorsqu'elle avait rencontré le père de son enfant.

Depuis plus d'un an, il avait disparu, le lendemain de l'annonce de sa grossesse. Sans un mot. Un jour gris et plombé comme la pire des angoisses. Il n'était pas revenu au foyer et l'avait abandonnée, elle et le bébé, ne voulant pas assumer un rôle de père trop dur à porter. Elle s'en souviendrait longtemps, de ses promesses renouvelées et de ses sourires enjôleurs, lui qui avait si bien dissimulé sa lâcheté.

Elle en était marquée à jamais et elle élèverait Jules seule. Toute seule.

Le salon allait ouvrir ses portes dans quelques minutes.

Élisa arrangea avec soin les derniers produits — elle avait une délicatesse et une dextérité typiques des artistes qui ont du talent — et accrocha sur le gros clou rouillé du mur le panneau qui signalait son stand.

« La jeune fille voyageuse, amusements artistiques » s'étalait en lettres bigarrées sur un carton en forme de carte du monde. La statue de l'ange Gabriel dominait son emplacement. Il félicitait la Vierge Marie en lui annonçant qu'elle allait enfanter.

Élisa avait pris cela comme un signal prémonitoire de bonnes affaires.

Elle était prête.

Il ne restait que quelques minutes avant l'ouverture aussi en profita-t-elle pour faire un tour des exposants et les saluer. Tous n'étaient pas sympathiques et elle devait se forcer pour adresser un beau sourire à ceux pour qui la journée d'hier n'avait pas été fameuse.

En général, les recettes avaient été plutôt maigres et la révolte grondait, les prix exorbitants des emplacements augmentant le mécontentement.

Elle s'assit sur son tabouret en bois, mit du volume dans ses cheveux, fit blouser ses vêtements pour paraître moins chétive. Un peu de gloss redonna du contraste à son visage.

Une deuxième goutte s'écrasa sur sa main. Elle ressentit une légère brulure. Une chaleur aussi intense que fugitive la parcourut. Elle lui fit un bien fou, réchauffant au passage tout son corps.

Elle se sentait particulièrement d'attaque et accueillit les premiers touristes avec vigueur et un sourire renouvelé.

Saïd aperçut les portes de l'église s'ouvrir largement pour recevoir les visiteurs du salon.

Il se prélassait sur le mur de pierre bordant le pont qui enjambait le bras de mer. Le soleil n'était pas très haut dans le ciel, ni très volontaire, mais il réchauffait ceux qui le prenaient en pleine face.

L'homme était allongé, les mains repliées sous la tête. Il sifflotait. Il n'avait pas de programme précis pour cette journée. Il ferait tout d'abord un tour au café du Port.

Là, il discuterait comme tous les matins avec la patronne qui assurait le premier service.

Elle était gironde, Stéphanie. À peine la quarantaine, une chevelure rousse flamboyante, toujours le sourire aux lèvres et un sens de l'à-propos qui désarçonnait les clients les plus insistants.

Désormais, Saïd la connaissait bien.

Quatre années qu'il fréquentait le bar, tous les jours ou presque. Il s'était établi une grande complicité entre eux. De discussions légères sur le temps qu'il faisait ou qu'il ferait, ou plus sérieuses sur l'actualité du moment, ils prenaient tous les deux du plaisir à échanger.

Quant à elle, elle s'interrogeait sur son attitude. Est-ce qu'un jour il oserait un peu plus ?

Non pas qu'elle fût particulièrement demandeuse, les occasions étaient fréquentes. De nombreux clients lui faisaient des avances très directes. Mais elle se sentait bien avec Saïd. Il la rassurait. Et elle en avait bien besoin.

Elle comptait déjà trois divorces à son palmarès.

À son âge, ce n'était pas un exploit, mais quand même. Cette inconstance chronique la perturbait.

Arriverait-elle à se stabiliser un jour ? Et à pouvoir concevoir un enfant ?

La quarantaine approchait, avec son cortège de précautions. Mais Saïd n'avait pas l'air très intéressé.

Célibataire endurci, il défendait âprement ses libertés, corporelles ou intellectuelles. Ses opinions politiques, tranchées, parfois extrêmes, ouvraient à discussion. Il résistait et luttait. Mais toujours avec bon sens, affabilité et bienveillance.

Il était autant connu dans le village pour cela que pour sa gentillesse et son dévouement auprès des personnes âgées dont il s'occupait activement.

Il se tourna légèrement pour s'offrir quelques rayons supplémentaires qui lui réchauffèrent le dos.

Il profitait mieux ainsi de la vue sur la baie qui commençait à se remplir. La marée annoncée serait haute. Plus de cent aujourd'hui. Elle arriverait probablement à passer par-dessus le parapet et à inonder la route. Un beau spectacle qu'il ne voulait pas rater. Il restait à peu près deux heures avant d'en profiter.

Il adorait ces moments où l'eau déchaînée était forte. Conquérante et puissante, mélangeant dans ses furieux assauts ces variations extrêmes de bleu, de vert et de blanc. Si seulement il avait eu le talent pour la peindre.

Il reçut une goutte glacée qui s'écoula dans le conduit de son oreille. Elle était tellement grosse qu'elle déborda et dégoulina le long de sa joue, jusque dans sa bouche.

Une légère acidité lui réveilla les papilles. C'était très agréable, comme le bon goût du café chaud de Stéphanie.

— Saloperie de volatile, se dit-il, juste pour lui.
— Tu as bien visé !

Il s'en amusa et regarda autour de lui pour tenter d'apercevoir le coupable. Le ciel était chargé dans les hauteurs, agité, et annonciateur de gros temps. Il n'y avait pas d'oiseau. Du moins pas directement au-dessus de sa tête.

Le vent se leva. Saïd en fit de même.

Il lui tardait de se mettre au chaud pour avaler quelque chose de consistant.

Il se dirigea d'un pas lent en direction du bistrot du Port. Sa jambe le faisait souffrir depuis qu'il avait chuté en réparant le toit de la maison de retraite. Il y passait du temps, dans cette maison. Beaucoup de temps, beaucoup d'énergie à aider les pensionnaires de cet établissement qui avait accueilli sa maman quelques années auparavant.

Il le faisait bénévolement.

Tout comme il le faisait si souvent pour ses voisins en leur prodiguant assistance lorsqu'il le fallait.

Il poussa la porte de l'estaminet et tomba sur Eugène Le Pêcheur, son ami de longue date. Il effectuait pour lui de petits travaux de réparation ou l'accompagnait pour de courtes campagnes en mer lorsque le besoin s'en faisait sentir — une prévision de pêche très conséquente ou un marin malade —.

Ils s'embrassèrent chaleureusement, échangèrent quelques courtoisies puis Eugène pressa le pas, justifiant sa hâte par l'arrivée d'un fort grain et d'une marée considérable. Il fallait s'assurer du bon arrimage du bateau.

Alors qu'il manœuvrait la clenchette en cuivre de la porte d'entrée, Saïd reçut sur la paume de la main une seconde goutte. Il ressentit un chatouillement qui disparut aussi vite qu'il était arrivé.

Il ne s'en alerta pas particulièrement, mais se sentit

tout d'un coup guilleret et de bonne humeur.

La douleur à sa jambe s'estompa.

Stéphanie l'aperçut et l'accueillit avec un immense sourire, la main posée sur le cœur.

Il y avait foule devant le stand d'Henriette. Suffisamment pour qu'elle commençât à être débordée et envoyât son fils quérir l'aide de la voisine.

Il était dix heures et les premiers visiteurs du salon étaient attirés par les odeurs exquises de crêpes et de brioches qui provenaient de l'intérieur de la tente.

Pour les habitants du village, la dégustation des spécialités de la cuisinière restait un incontournable.

Il y avait longtemps qu'elle sévissait gracieusement dans les fêtes patronales ou scolaires, les vide-greniers ou les manifestations de la mairie destinées aux touristes. Elle aurait probablement un jour sa statue sur la place centrale, succédant ainsi à ce sculpteur inconnu qui trônait en son milieu et dont le seul acte de gloire avait été d'être le beau-frère du maire de l'époque.

Les clients n'avaient que deux choix. Ils ne s'en plaignaient pas d'ailleurs.

Ils s'arrachaient la brioche au caramel au beurre salé et les crêpes à la confiture maison, coings et pommes du jardin, framboises et mûres des collines avoisinantes.

Les premiers acheteurs, les plus chanceux, pouvaient s'en procurer un pot de chaque. Mais un seul. Et si Henriette les trouvait sympathiques. Elle avait ses têtes.

Elle faisait cuire ses galettes à la demande, une par une, en y accordant le même soin qu'elle prenait à tournicoter ses longs cheveux blonds en un improbable chignon plusieurs heures avant le début des hostilités.

De la recette serait déduit le cout des matières premières, la différence serait reversée pour moitié au curé du village, l'autre moitié à l'association des sauveteurs bénévoles en mer.

Ceux qui avaient tout tenté par cette nuit effroyable de tempête, dix années auparavant, pour essayer de retrouver son mari passé par-dessus bord. Un des secouristes y avait aussi laissé la vie, rejoignant ainsi dans les abimes l'amour de sa jeunesse.

Désormais, elle les aidait tant qu'elle le pouvait.

Une jolie frimousse s'approcha d'elle.

Le visage était blanc comme celui d'une poupée de porcelaine, des éphélides criblaient les joues rebondies et les longs cheveux blonds comme des blés murs s'accordaient merveilleusement avec les grands yeux bleus étonnés. N'importe quel peintre talentueux aurait pu s'en régaler et en faire un beau portrait.

— Trois crêpes et une brioche, s'il vous plait, Madame, murmura le gamin.

— Et un pot de confiture à la framboise.

Il lui tendit un billet de dix euros.

— Tout de suite fillette, dit-elle en soulignant son geste d'un beau sourire de connivence.

— Je suis un garçon, chuchota le petit, comme s'il s'excusait.

— Oh, je suis désolée, tu es tellement mignon…

Henriette fabriqua avec dextérité les trois galettes, les enveloppa chacune dans un délicat papier de soie dont elle assortit les couleurs, déposa la brioche et la confiture dans un sac au logo de son association.

Elle fit signe au gamin de s'approcher et lui glissa à l'oreille :

— Le billet de dix euros, il est pour toi. Tu le remets dans ta poche et tu pourras t'acheter ce que tu veux avec.

— C'est un secret entre nous.

Le garçon, tout étonné, ne trouva rien de mieux que

de se hisser pour déposer un baiser mouillé sur la joue d'Henriette.

Le vent gonflait sérieusement les côtés de la toile. Il s'engouffrait par rafales à l'intérieur et glaçait les clients.

Henriette sortit pour vérifier la solidité des liens qui la reliaient au sol, s'approcha de l'enfant et l'embrassa à son tour tendrement.

Elle sentit une goutte sur le haut de sa tête.

Elle l'imagina être d'eau et annonciatrice de pluie.

Le liquide s'écoula au travers de la jungle abondante de ses cheveux jusqu'à son front. Elle ressentit une drôle de chaleur, agréable.

Levant les yeux, elle n'aperçut rien de plus qu'un ciel agité de début de forte marée.

Deux heures après, les trois grands bols de pâte préparés la veille étaient vides et seules quelques miettes, que s'arracheraient tout à l'heure les goélands piailleurs, subsistaient des brioches cuites avec soin jusqu'à tard dans la nuit.

La provision de confitures maison était depuis longtemps épuisée.

Elle pendit l'écriteau « En rupture de stock, je reviens dans un moment » sur l'autre panneau « Les crêpes d'Henriette ».

Elle tira sur les deux côtés de la tente pour la fermer hermétiquement et partit jusque chez elle, saluant au passage ami ou inconnu en leur décochant à chaque fois un bon mot ou un sourire.

Quelques oiseaux côtiers la reconnurent et agitèrent les ailes pour la remercier. Elle s'en amusa, leur fit signe en retour et, levant les yeux vers eux, reçut une nouvelle goutte sur le nez, qui la piqua comme une épingle.

Il s'ensuivit un bien-être immédiat qui la troubla.

Assis sur le banc du haut de la plage d'où il apercevait la silhouette d'Élisa à travers les épais murs de l'église, le profil d'Henriette à travers les toiles opaques de son stand et la démarche de Saïd à travers les baies aveugles du bar du Port, Zéphyr ferma son ouvrage et l'attacha solidement avec un large élastique.

Les feuillets volants étaient désormais en sécurité.

Il avait fini son histoire. Déjà quelques mois qu'il observait les trois personnages et consignait, de sa plume habile et exercée, les faits et gestes de ses héros.

Que de bonnes actions, que d'amabilité et que de dévouements rassemblés dans ces trois belles personnes !

Il s'en régalait et était fier de pouvoir les aider.

Lui, cet ange céleste qui prenait la forme humaine d'un vieil écrivain quand il arrivait dans le lieu choisi par son autorité suprême.

Son métier, il l'adorait.

Observer, enregistrer et enfin récompenser. Toutes ces belles âmes comme celles de ce soir.

Il en aurait bien voulu d'un porteclé aux couleurs magnifiques, d'une galette succulente ou d'un verre de l'amitié.

Mais tout cela lui était interdit.

Résigné, il reprit sa forme originelle.

Celle de cette goutte d'eau, qui, lorsqu'elle s'étalait doucement sur les bras, sur les mains ou dans le cou, apportait une infinie chaleur réconfortante et une sibylline impression de bonheur immédiat, de bien-être qui redonnait du courage et du cœur à l'ouvrage.

Sa prose contait le dévouement et la profonde compassion de ces héros vis-à-vis des autres. Cette capacité rare à faire le bien sans avoir jamais l'air de le faire. Élisa, Saïd et Henriette figuraient en bonne place dans ses réflexions, à tout jamais.

L'épilogue de son récit se terminait par cette jolie phrase :

«Qu'y a-t-il donc d'extraordinaire à recevoir une goutte d'eau extraordinaire quand on est soi-même extraordinaire ? ».

Marie

« Il y a un temps pour tout, un temps de pleurer, un
temps de rire, un temps à se lamenter
et un temps de danser. »
De la Bible/L'Ecclésiaste.

Le brouillard était tombé sur la côte, brusquement,
sans prévenir, contre toute attente. Bien sûr, nous étions
au mois de janvier, mais la journée avait été belle et rien
ne laissait présager que, le soir venu, ses nappes, comme
autant de déchirures cotonneuses, s'effilocheraient et
rendraient les déplacements périlleux.

Moi, je m'en régalais à chaque fois. C'était une
bonne nouvelle. Je pouvais alors circuler discrètement.

Profitant de cette visibilité réduite au minimum, je
me glissais là où j'allais habituellement la nuit en
prenant à la fois plus de précautions et plus de risques.

J'avançais donc, presque tranquille, reniflant alentour
depuis le haut du champ. Qu'allais-je découvrir ? Trois
jours déjà que le tas d'épluchures dont je m'étais gavé
avait fait mon bonheur. Il fallait remédier à la disette de
ces dernières heures et trouver une pitance, fut-elle
seulement de quelques morceaux de pain rassis.

La température avait largement dépassé le zéro, vers
le bas, et si les humains claquaient des dents, ma

fourrure m'isolait de la froidure. Pourtant elle était rare sur mon dos, la faute à une saleté de parasite qui m'avait poursuivi de ses démangeaisons tous ces derniers mois.

Se gratter pour un renard n'est pas chose facile. L'écorce rude et rêche sur laquelle je m'étais esquinté m'avait fait autant de bien que de mal. Moins d'irritations et plus de plaies à cicatriser.

Je m'en étais bien sorti et il fallait désormais retrouver ma splendeur. Je ne pourrai pas aller parader le printemps venu dans cet état auprès des renardes. Même mes jappements les plus aigus ne survivraient pas à cette absence de classe. Mon pelage s'était raréfié au lieu de s'épaissir pour les mauvais jours. Un paradoxe.

Je resterai donc discret jusqu'à ce que, du poitrail au bout de la queue, j'ai pu recouvrer ma belle couleur rousse et mes extrémités blanches qui avaient tant fait pour ma réputation.

Qu'allais-je pouvoir muloter aujourd'hui ?

L'idéal serait des lapins, mais ils semblaient avoir déserté les environs. Comme je me sentais bien dans mon champ, je me contenterai toutefois de ce que j'y trouverai. S'il n'y avait pas de quoi me régaler en viande, j'irai chaparder des restes vers la maison de la vieille dame. Comme elle laissait tout ouvert à la belle saison, je m'étais risqué plusieurs fois à l'intérieur.

C'était l'été dernier.

Morceaux de poules ou de poulets, je n'arrivais pas à faire la différence, fruits un peu blets et généreux quignons de pain m'avaient rassasié. Les épluchures de pommes de terre bintje — celles que je préférais, car les plus goûteuses avec cette bonne saveur de farine et les plus nourrissantes grâce à leurs amples rondeurs — m'avaient quant à elles comblé.

J'avais remercié mon hôtesse avec quelques petites crottes laissées là en signe d'amitié. J'avais espéré qu'elle avait compris.

Difficile d'échanger en dialecte de goupil avec quelqu'un qui ne le pratique pas.

Je l'avais aperçue arrivant de sa cuisine, les bras chargés d'un lourd plateau sur lequel reposaient en équilibre instable un grand bol de chocolat qui sentait diablement bon et quelques morceaux de gâche, dont l'odeur avait fait palpiter d'une manière incontrôlable mes naseaux. Je lui aurais bien sauté dessus pour les lui dérober, mais elle paraissait si gentille et paisible, cela n'aurait pas été digne.

Chez les renards, on respecte ses rencontres, même si parfois, on finit par les étriper.

Mais ça, c'était l'année dernière, car, depuis, les choses avaient bien changé. Je m'en souviens encore...

Un matin d'avril, je m'éveillai tard, car j'avais rôdé toute la nuit.

La délicate lueur d'une lune de grande marée m'avait aidé à surprendre une colonie de petites souris qui s'agitaient en couinant fort peu discrètement. Surement une querelle de famille à propos de nourriture ou un conseil extraordinaire organisé pour lutter contre le gros chat noir qui élisait domicile dans ce coin tous les ans à la même époque.

Elles courraient dans tous les sens dans le bas du jardin, vers le majestueux arbre mort qui était comme un repère dans ce petit jardin laissé à l'abandon par les propriétaires. Toujours est-il qu'elles représentaient une proie assez facile dont je me serais bien contenté en ces jours de paucité alimentaire. De plus, je n'avais jamais eu une grande estime pour ces rongeurs insignifiants et fort peu goûteux.

Je m'étais posté à quelques mètres de ma cible, la plus charnue d'entre elles, et je me préparais à accomplir ce majestueux saut qui me conduirait à atterrir très précisément sur ma proie et, d'un coup de canine acérée, à lui sectionner ce qui générait ce tintamarre ridicule.

C'est en l'air, pendant les quelques secondes qui me suffisaient à rectifier éventuellement ma trajectoire, que je m'aperçus que ces sales bêtes m'avaient repéré et qu'elles s'enfuyaient, apeurées, mais heureuses d'avoir échappé à une mort certaine. J'aboutis comme un benêt débutant dans un massif d'orties qui me piquèrent le nez.

Par chance, ma progéniture, depuis longtemps sevrée, n'avait pas été témoin de cet atterrissage raté, alors qu'il faisait habituellement l'admiration de tous.

J'imaginais le gros chat noir tapi lui aussi dans les herbes se délecter de mon insuccès. Et se pourlécher les babines devant les colonies de ces petits rongeurs dont il se régalait lorsqu'il arrivait à les choper.

Je l'aimais bien, ce foutu concurrent.

Il avait fière allure, moins grand et costaud que moi, mais lui, au moins, ses pattes étaient de bonne longueur — il est bien connu que les renards font l'objet de quolibets quant à la dimension de leurs membres. Il n'était jamais pressé, avançant en territoire conquis, écartant, d'un regard vert incroyablement pur et transperçant, toute velléité d'en découdre avec son auguste personne. Il était partout comme chez lui.

Bien sûr chez la vieille dame où il restait la vedette ;

Bien sûr dans le haut du village où Sa Majesté en imposait ;

Bien sûr dans le champ, les soirs où il courrait l'aventure.

La vie s'arrêtait lorsqu'il arrivait.

Nous nous étions croisés à plusieurs reprises.

Échangeant un borjour ou bonsoir, ou parfois plus, de bonne compagnie dans un profond respect réciproque.

Lui pour la beauté de mon panache et mon nez pointu plein d'intelligence.

Moi pour sa grâce de félin et son autorité naturelle.

Il n'avait même pas bronché la première fois où nous avions fait connaissance. Il avait été sûr de lui comme d'habitude. J'avais simplement incliné la tête, non pas en signe de servitude, mais de cordiale salutation.

Nous échangeâmes quelques mots d'une banalité affligeante. C'est toujours comme cela que se passent les premières rencontres. Les suivantes furent plus étayées et productives.

C'est lui, d'ailleurs, qui me chuchota la bonne adresse de Marie, la vieille dame qui le nourrissait charitablement.

Il parlait chat avec un fort accent du cru accompagné de quelques gestes représentatifs. Je réussissais à en saisir l'essentiel.

Nos territoires de chasse respectifs furent délimités à cette occasion. Pour moi, le haut du champ et toute la partie nord, plus grande et généreuse. Pour lui, la zone des habitations et le bas de la propriété familiale — familiale, car ses parents, grands-parents et arrière-grands-parents y avaient eux aussi élu domicile.

Il n'avait pas besoin d'une immense surface, rassasié qu'il était par les humains du coin.

Fatigué par un âge avancé — déjà dix ans de ronronnements —, il ne chassait que rarement, juste pour se dérouiller les membres et l'acuité visuelle et sonore. Parfois, le soir, après un grand bol de croquettes — il passait toujours en priorité devant les autres chats de la maisonnée — il grognait comme un matou en chaleur après ses congénères pour bien faire entendre qui était le chef et il se rendait, chaloupant comme un danseur classique, vers le vieux puits.

Je le retrouvais alors et nous échangions sur nos journées respectives.

Les siennes n'étaient pas bien passionnantes, remplies seulement par de longues siestes dans le confortable fauteuil près du radiateur ou par des déroulés gracieux sur la grande table pour y glaner quelques caresses.

Un soir de pluie, tellement drue qu'elle dardait ses rafales horizontalement, il me confia un secret.

— La vieille dame adore la musique et la danse. Malheureusement, les chats n'y sont pas experts. Je ne sais pas valser, ni siffler ou miauler harmonieusement.

— Peut-être pourrais-tu t'y risquer à ma place et lui faire plaisir ? ajouta-t-il.

Je fus tant interloqué qu'aucune réponse ne sortit de mon museau. Je me trouvai désappointé, un peu ridicule, moi qui avais la réplique habituellement facile.

— Je vais y réfléchir et j'agirai demain en conséquence, m'exprimais-je, gêné, en glapissant sans assurance.

Groschat — puisque c'était son nom — me fit ce que j'interprétai comme un clin d'œil. Je le saluai respectueusement et je me coulai dans ma tanière, fabriquée jour après jour avec soin et patience.

Je ne dormis pas de la nuit, tout entier à un stress que je n'avais pas vraiment connu avant. Sauf peut-être lors de mon premier accouplement dans la chambre du fond — celle d'apparat — au bout de mon repère. Ma renarde en avait été très satisfaite, alors pourquoi ne serais-je pas non plus un excellent danseur ?

Je me décidai à faire les premiers pas dès le lendemain.

J'arrivai discrètement sous la fenêtre du milieu. J'avais déjà repéré que la dame s'installait juste en face. À cette heure moyennement matinale, toujours la même, elle prenait son petit-déjeuner.

Je sautai sur le rebord et m'assis sur mon arrière-train, attendant une réaction de sa part.

Celle-ci mit du temps à venir. Il semblait plus important pour elle de tremper un bon morceau de gâche dans le chocolat que d'admirer un beau renard roux qui venait la saluer.

Je glapis d'abord doucement, puis de plus en plus fort, essayant de couvrir le bruit de la télévision qui hurlait. La chaine diffusait de la musique, entrainante.

Marie fredonnait. Pas très juste, je dois l'avouer. Mais de manière légère et enjouée. Cela faisait plaisir à entendre même si nous n'étions pas sur la même longueur d'onde, ma race possédant cinq octaves et pas mal d'intermédiaires, mes vocalises étaient on ne peut plus complètes.

Soudain, la dame m'aperçut, à peine surprise.

— Tu peux rentrer, joli renard, je savais bien que tu reviendrais. Je t'ai vu plusieurs fois dans le champ. Et même une fois dans ma cuisine.

— Viens chanter et danser avec moi, insista-t-elle.

Elle se leva, hésitante. À cet âge-là, elle se ménageait.

Elle changea de chaine et se cala sur une autre, musicale, des années cinquante, où Cannonball Adderley jouait morceau sur morceau, tous plus dansants les uns que les autres. Son saxophone alto emplissait le séjour de gaité et de chaleur.

Elle poussa la table, faisant preuve d'une force insoupçonnée et commença à s'agiter. Les premiers pas étaient mal assurés. Puis, au fur et à mesure qu'elle s'échauffait, elle prenait confiance. Des figures que l'on n'aurait pas imaginées quelques instants auparavant s'enchainaient.

Je pris un bel élan, sautai par-dessus le rebord, et touchai le sol délicatement, glissant sur le carrelage comme un patineur artistique.

Marie était pieds nus, un large sourire éclairait son visage qui avait repris de la couleur et de la vigueur. Fini le teint blafard, les traits tirés, les rides accumulées par la fatigue. C'était une jeune fille qui tournoyait, parfois maladroitement, comme à son premier bal.

Je l'accompagnai, virevoltant, sautillant, grognant. Notre duo dura plus d'une demi-heure. Nous étions épuisés. Moi peut-être encore plus qu'elle.

Elle me gratifia d'un tendre baiser sur le museau qui me fit rougir et me tendit de délicieux restes de nourriture.

Nos séances se poursuivirent sur plusieurs mois, à raison de deux ou trois tous les quinze jours.

J'avais beaucoup progressé sur ce terrain et je m'entrainais assidument dans le fond de mon habitat solitaire et lui en réservais l'exclusivité dès le lendemain.

Un radieux matin de mai, elle m'ouvrit naturellement la porte de sa voiture et m'accueillit à l'intérieur, proposant de l'accompagner jusqu'à la plage.

Ses gestes suffisaient à me faire comprendre l'essentiel de ce qu'elle voulait me dire. Nous avions pris l'habitude de communiquer ainsi.

Je ne savais pas comment elle avait pu deviner que mon désir le plus fou avait toujours été d'aller voir la mer. J'étais informé que cela existait, Groschat m'en avait miaulé.

Nous partîmes pour la Pointe, j'étais caché dans le coffre sous une épaisse couverture qui sentait un peu le chien. Elle, fière conductrice, chantait à tue-tête les morceaux dansés la veille.

Arrivés sur place, l'ivresse de parcourir tous ces immenses espaces balaya mon appréhension d'être confronté à un monde totalement nouveau.

Je me baignai ! pour la première fois.

Je sentais meilleur après, finit-elle par m'avouer.

Quelques semaines plus tard, après une autre séance, confiant, je sortis de chez elle par le grand portail au lieu de prendre le petit chemin qui longeait la grange. Je me fis percuter par une espèce d'imbécile qui descendait la rue à une vitesse exagérée.

Le choc fut terrible et je succombai dans la seconde. Le chauffard s'enfuit.

Marie vint me ramasser délicatement, des larmes plein le regard.

Elle me porta dans ses bras, comme un bébé, jusque chez son ami le taxidermiste du village qui réussit à me redonner une allure convenable.

C'est du haut du coffre sculpté d'étranges goupils extraordinaires que je la regarde désormais danser seule et un peu triste à travers mes yeux de verre.

Mohana et Ulysse

« Les enfants sont des énigmes lumineuses. »
Daniel Pennac.

Les deux enfants couraient dans les flaques et s'aspergeaient en riant aux éclats. Au loin se découpaient les rochers noirs et le phare qui semblait veiller sur eux.

La petite fille était mignonnette, les joues bien rondes, bien mates, les yeux bien ronds, bien noirs.

Le petit garçon était mignon, les cuisses bien rondes, bien musclées, le nez bien rond, bien retroussé.

Ils n'étaient ni frère et sœur, ni vraiment amis. Ils s'étaient rencontrés récemment et avaient vite fait connaissance.

Quelques instants plus tôt, Ulysse était arcbouté, essayant de résister à la traction infernale de son cerf-volant qui le remorquait à grande vitesse sur le sable mouillé.

Il traçait de profonds sillons sur plusieurs dizaines de mètres et ceci l'amusait beaucoup, malgré le frottement insistant de ses pieds nus sur les grains abrasifs. Son large sourire faisait plaisir à voir et les cris qu'il poussait ravissaient les gens qu'il croisait. On aurait dit un jeune Ben-Hur s'échinant à aller plus vite que tous ses adversaires.

Mohana avait aperçu l'étrange attelage du haut de la digue, où elle faisait de la trottinette. Elle s'était précipitée, croyant le gamin en difficulté. Elle n'avait eu aucun mal à le rattraper.

L'enlaçant de ses deux bras, elle l'avait stoppé brusquement.

Ulysse s'était vexé sur le moment, se demandant qui osait se comporter ainsi. Il s'était retourné et avait découvert l'enfant, le regard innocent, un sourire à peine esquissé qui lui donnait un air mystérieux accentué par le bindi rouge qui ornait son front.

Deux longues boucles d'oreilles, qui se terminaient par des petits diamants en forme de gouttes, renvoyaient les rayons du soleil en une multitude d'éclats argentés. Elle portait un chemisier vert cru aux manches orangées rehaussées de dessins abstraits couleur or. Son pantalon jaune vif était large.

Ulysse l'avait trouvée plutôt jolie sur le coup, mais aussi carrément étrange. Son accoutrement ne faisait pas très jeune fille et il se demandait d'où elle sortait. Lui qui était natif de la station et qui connaissait tout le monde, celle-ci, il ne l'avait jamais vue.

Après s'être fendu d'un bonjour murmuré, il lui avait avoué avoir sérieusement mal aux plantes des pieds. Elles étaient en sang.

Elle s'en était alors approchée, avait frôlé leur surface de ses paumes soyeuses et tièdes et avait prononcé quelques mots dans une langue inconnue.

Ulysse avait ressenti un léger picotement, puis comme une délicate chaleur réconfortante.

Avec autorité, Mohana avait pris son visage entre ses mains, l'immobilisant quelques secondes et l'obligeant à la fixer droit dans les yeux. Elle l'avait relâché puis guidé du regard vers ses pieds. Ceux-ci étaient guéris. Il n'y avait plus aucune trace et la peau était de nouveau lisse et douce.

Il ne s'en était pas étonné outre mesure.

Une fille aussi étrange et ainsi grimée ne pouvait être qu'une sorcière.

Ou une fée, selon ce que l'on pouvait en penser.

Son grand-père lui avait tellement rabâché ces légendes où apparaissaient des êtres bizarres qu'il avait fini par en accepter la réalité.

Il en avait enfin une preuve.

Il lui avait été reconnaissant, s'autorisant à lui déposer un baiser sur le front. Bombant le torse, fier de son geste. Lui aussi savait faire des choses étranges, non, mais !

Elle s'en était légèrement offusquée, probablement plus sur la forme que sur le fond, puis avait passé son revers de main sur la trace humide comme pour supprimer tout risque de contamination d'une éventuelle maladie dont elle ignorait tout.

— On ne sait jamais, se disait-elle, ces garçons sont tellement sales…

Amadouée par la candeur et la gentillesse du bambin, elle avait accepté de jouer avec lui.

Abandonnant le terrible et velléitaire cerf-volant, il lui avait proposé une chasse aux crabes, sa grande spécialité, lui avait-il avoué d'un air sévère, très sûr de lui.

Elle avait alors fait un large signe à sa mère, allongée nonchalamment sur le sable, pour la rassurer et lui signifier qu'ils restaient à proximité.

Ils approchèrent des enrochements découverts par la marée.

Sur le mur de la digue qui dominait la plage, Marcellin prenait le soleil, rare en ce début de printemps. Il fumait cigarette sur cigarette, non par besoin de réguler un quelconque stress, mais plutôt par goût et habitude, et surveillait son petit-fils qui avait apparemment fait une belle rencontre et se dirigeait vers les creux des rochers noirs qui abritaient tant de merveilles.

La mère de la petite ne devait pas être très loin, car cette dernière avait signalé sa présence en agitant le bras en sa direction.

Il sauta du muret, descendit mollement la cale et regarda en direction du bas de la plage.

Il n'y avait pas grand monde. Quelques couples en goguette amoureuse, quelques baigneurs aventureux, quelques mères de famille qui jouaient avec leur progéniture et quelques sportifs courant le long de la laisse de mer.

Il repéra immédiatement la personne qu'il recherchait.

À l'abri du vent, elle était adossée à un gros rocher. Sa tenue bigarrée était du même style que celle de sa fille, aperçue brièvement lorsqu'elle était passée à toute allure pour porter secours à son petit-fils. Il lissa ses cheveux en bataille de sa main humectée de salive, respira plusieurs fois à pleins poumons pour évacuer toute trace d'odeur de tabac, ajusta son jean qui pendouillait et se présenta.

— Bonjour, je suis Marcellin, le jeune grand-père du petit compagnon de votre fille.

Il accentua le mot jeune, content de sa tournure et adressa à la femme son plus beau sourire.

— Bonjour, je suis Shanti, la plus encore jeune mère de la petite compagne de votre petit-fils.

Marcellin se sentit légèrement vexé. Moins sûr de lui que lors de son accroche, il engagea la conversation.

Son interlocutrice était avenante, ouverte au dialogue,

bien qu'elle semblât souvent absente lorsqu'il lui contait les chroniques du village ou quelques détails de sa propre vie.

La tenue de Shanti n'avait d'équivalent que la luminescence qui émanait d'elle quand elle parlait et lui précisait son parcours, l'illustrant d'anecdotes autobiographiques qui laissaient Marcellin sans voix.

Elle avait vécu une quête initiatique dans les montagnes du Ladakh. Tombée amoureuse d'un sage qui l'avait quittée alors qu'elle était enceinte de lui, elle avait continué son périple pour aller porter la bonne parole.

Délaissée par cet individu, elle était restée acquise à sa cause et ne lui en avait pas voulu. Elle assumait l'éducation de son bébé dont elle avait accouché seule dans l'eau glacée d'un torrent sacré des abords de l'Himalaya.

La suite se résumait à une odyssée aventureuse qui l'avait amenée jusqu'ici, où une famille d'accueil s'occupait d'elle et de son enfant. En échange de ce service, elle effectuait quelques tâches ménagères et créait des bijoux typiques qu'elle revendait sur les marchés.

Brusquement, elle ajouta, énigmatique :

— Votre petit-fils ne va pas s'ennuyer avec ma fille.

— Elle est possédée par la grâce. Son père était chamane. Il voyageait dans le monde entier et j'ai succombé à son charisme lors de son périple en Inde d'où je suis originaire.

— Elle est mystérieuse et en a gardé des pouvoirs étranges et merveilleux.

Marcellin se demanda de quoi elle voulait réellement parler.

Pendant ce temps, les deux enfants continuaient leur balade, guettant d'éventuelles proies qui rempliraient leurs poches.

Mohana se fit attraper le doigt par un crabe récalcitrant et le regarda fixement pendant quelques secondes.

Il lâcha soudainement sa prise et s'enfuit, encore plus de travers que d'habitude. Ulysse se moqua légèrement d'elle, mais s'avoua intérieurement que, décidément, cette gamine avait beaucoup de talent.

Ils avaient déjà beaucoup marché et les pierres hérissées et coupantes les mettaient à rude épreuve. La récolte n'était pas miraculeuse. Ils s'assirent sur le sable humide et se reposèrent.

Il lui commenta avec force détails leur progression dans les rochers et les astuces des bons pêcheurs à pieds qu'il employait au quotidien.

Elle ne parlait pas beaucoup.

Mais dès qu'elle ouvrait la bouche, les oiseaux ne piaillaient plus et les vaguelettes se calmaient autour d'elle. Il y avait sur la mer comme un profond silence plein de respect.

Mohana fixa Ulysse. Son regard noir ne laissait rien transparaitre. Sauf une immensité sans fond dans laquelle on pouvait facilement se noyer.

Le contraste était flagrant avec ses habits, si gais, si chamarrés. Lui qui n'avait pas encore huit ans se demanda si c'était cela l'amour dont il avait si souvent entendu parler autour de lui.

Ressentir ce qu'il n'était pas capable de qualifier de désir.

Ressentir cet élan incontrôlable qui le poussait à la prendre dans ses bras sans qu'il fût non plus habile à le faire.

Il restait comme un imbécile, immobile et béat devant

tant de grâce et de délicatesse.

La fille ferma les yeux, se concentrant sur un point qu'elle était la seule à percevoir.

Elle avait les jambes croisées, haut, très haut dans une posture difficile à tenir pour le commun des mortels. Ses coudes reposaient sur les genoux et les paumes de ses mains, largement ouvertes, étaient tournées vers le ciel.

De celles-ci s'échappait une vapeur brumeuse qui traçait de belles volutes évanescentes.

Le garçon, inconsciemment, se positionna de la même manière. Par mimétisme forcé. Il ne ressentit aucune difficulté à le faire.

Elle entonna ensuite une suave mélodie dont les mots étaient inconnus. Il était enchanté.

Ulysse se trouva soudainement très léger, tellement qu'il se mit à flotter dans l'air. L'atmosphère était tiède, un doux courant agitait les longues nattes de Mohana qui dessinaient de merveilleuses arabesques.

Il ignorait qu'elle écrivait à sa manière des lettres dans l'éther transparent.

Ulysse s'aperçut qu'il était à au moins trente mètres au-dessus du sol. Au lieu d'être effrayé, il se sentit bien. Paisible. Rassuré.

Elle ouvrit les yeux, lui sourit gracieusement et déplia ses membres, se tenant debout, en équilibre dans le vide.

Elle invita son compagnon à faire de même et lui tendit la main.

Ulysse pleurait de bonheur, à chaudes larmes, rempli d'amour et d'allégresse. Il se délectait de cette suprême béatitude d'avoir conscience d'être au-dessus de tout, libéré de toute contrainte, en parfaite symbiose avec cette étrange créature qui l'avait complètement piégé.

Elle lui apprit à marcher comme elle, puis l'incita à

s'allonger dans le ciel, comme un oiseau, ou comme un ange, léger comme le souffle de l'air pur qui caressait leurs joues rosies par l'altitude, le froid et l'émotion qu'ils éprouvaient à voler à l'unisson.

Ils aperçurent Shanti et Marcellin qui riaient à gorge déployée.

Ulysse s'était rendu compte depuis bien longtemps que son grand-père était souvent entouré de femmes, toujours très ravissantes et gentilles avec lui. Il n'avait jamais connu sa grand-mère et se demandait si elle avait existé.

Il ne fut pas étonné de les savoir ensemble, si proches alors qu'ils étaient si différents.

Les deux voyageurs du ciel leur firent signe et leur crièrent un joyeux bonjour qui n'arriva pas jusqu'à eux. Même leurs petites mains, qui s'agitaient frénétiquement en direction de leurs parents, restaient invisibles.

Ils parcoururent ainsi plusieurs kilomètres.

Dès que le garçon se sentait fatigué, Mohana entamait une série de gestes cabalistiques qui effaçaient toute lassitude et lui redonnait le goût de l'effort.

Dès que le garçon se sentait frigorifié, Mohana persistait et lançait un regard en direction du soleil qui réchauffait immédiatement son complice.

Dès qu'un vol d'oiseau approchait de trop près, curieux de savoir qui étaient ces drôles de confrères, elle imitait leur chant et partageait avec eux quelques trilles. Ils repartaient rassurés et heureux d'avoir fait une telle rencontre.

Dès que les nuages apparaissaient, elle les transformait en ouate, soyeuse et fine, dans laquelle ils se prélassaient, roulant, enlacés, comme de vrais comparses.

Dès que la nuit tomba, elle ralentit la chute du soleil

pour mieux profiter du jour et du présent.

Elle l'entraina jusqu'à la pointe de l'estuaire, là où la terre et la mer ne font plus qu'une et s'unissent pour le bonheur des hommes.

Tout comme eux, dans cette parfaite symbiose.

Ils se posèrent délicatement à terre.

Le sol avait changé. À la place de la dune aride et des herbes rases s'étalait un parterre de fleurs ravissantes et odorantes, orchidées rares, lotus aux gigantesques pistils, coquelicots fragiles dardant leur rouge ardent, pâquerettes délicieuses de finesse.

Sous le grand arbre solitaire penché sous les assauts incessants des vents du large à en rompre ses racines, une cérémonie avait lieu.

Étrangement, tout était calme et le temps suspendu.

Les deux enfants s'approchèrent. Mohana était sure d'elle, instigatrice de la célébration.

Un cercueil transparent flottait à quelques centimètres du sol.

Une forme y reposait, allongée, paisible sous une multitude de feuilles volantes recouvertes de mots délicatement ouvragés. La silhouette était belle et resplendissante comme elle l'avait été toute sa vie.

Elle était entourée de plusieurs personnes dont les visages graves, mais sereins, reflétaient la confiance qu'ils avaient d'imaginer le corps sans vie se disperser là où il serait éternellement tranquille.

On pouvait distinguer Noa, sa sirène dans les bras, qui sortaient humides de leur bain, Chantal, lumineuse, main dans la main avec son ange gardien, Ignace qui était remonté par la plage et arborait fièrement un appareillage de pêche tout neuf, Mohamed et toute sa famille qui rayonnaient de bonheur dans leurs habits d'apparat, Palamède qui se recueillait, simplement, lui qui avait vu de tellement près une fin si injuste, Roxanne qui portait sur ses épaules découvertes et brulées par le soleil des mers sa fille Océane au regard si doux, Godelieve insolemment assise en amazone sur un cheval magnifique qui inclinait respectueusement la tête sur le linceul immaculé comme sa crinière, Marius, encadré par Laurette et Émile, qui se tenaient la main en parfaite harmonie, un discret sourire de connivence à la commissure des lèvres, Isidore, grognon, qui pestait sur l'absence de son fils, mais reconnaissait la majesté du lieu et de la cérémonie, Élisa qui distribuait à chacun des colliers d'or et de lumière, Saïd qui aidait Henriette à distribuer à tous un morceau de brioche chaude et sentant bon le fournil, Marie, sa longue chevelure blanche enroulée autour du corps, qui transportait dans un panier d'osier son fidèle renard aux yeux vitreux.

Tout en haut du grand arbre, un cri strident et rieur troubla la quiétude de l'assemblée. Le fantôme d'une mouette amoureuse, qui espérait encore que l'on pensait à elle, se détachait en une silhouette bienveillante sur l'horizon orangé.

Célestin était bien entouré ce jour-là…

C'est ainsi que j'aime bien m'imaginer sa fin, à celui qui m'a fait tant rêver, avec ses belles histoires cachées dans la manche…

À SUIVRE…